札幌あやかしスープカレー

佐々木禎子

ポプラ文庫ピュアフル

札幌あやかしスープカレー

プロローグ

まだほんのりと青を残したまま暮れていく夜の空の端に、金色の半月が引っかかっている。

札幌《さっぽろ》の五月のはじめは、春という季節の波打ち際だ。寄せては返す波のように春が行ったり来たりしている。昨日の夜は肌寒かった。でも今日はあたたかい。

見上げた視線の先には白木蓮《はくもくれん》の蕾《つぼみ》が、ぼんやりと光っている。のばした枝の先にいくつもの白い雪洞《ぼんぼり》に似た丸い蕾をぶら下げるこの樹木は、桜より少し早めに花開く。

俺が「春の花」と聞いて一番に思いつくのは桜ではなく、白木蓮だ。

春の花見というと誰もが桜を見にいこうとするけれど、俺は桜より白木蓮のほうが春の花見に適していると思っている。

綺麗なのは特に、夜。

闇の中、木蓮の花は、小鳥たちが羽をぽわっと膨《ふく》らませているようなシルエットで枝の上に留まり、白く輝いている。

「知ってた？　白木蓮って地球上で最古の花木なんだってさ。恐竜たちがこの花を食べていたらしい」

俺の足下で、金色の毛の、もこもこした犬がきょとんと顔を上げた。ポメラニアンに似た小型犬で、茶色がかった目が愛くるしい。この小さな毛の塊《かたまり》は、犬語しか話さないわりに俺への相づちがとても得意だ。

ちょっとした首の傾《かし》げ方や、耳や鼻の動きで、絶妙な間合いで返事をくれる――ような気がしている。

犬という生き物はたいがいいつも物言いたげな目をしているが、こいつは目つきや表情で侮蔑《ぶべつ》や苦笑まで表して見せる――ような気がしている。

全部、俺の勝手な思い込みという可能性も捨てきれないけれど、それならそれで困らない。犬も俺との対話を嫌がりもしないし、俺たちはなかなかいい夜の散歩コンビだった。

ちなみにこいつは、俺の犬ではない。首輪もつけずに勝手に夜の散歩を楽しんでいたこいつと俺は、なんとなく顔なじみになったのだ。

はじめて会ったのは去年の春の夜。俺は中学三年生だった。

受験勉強の息抜きにふらふらと外に出た俺は、いつ倒れてもおかしくない空き家の荒れた庭先で犬と会った。

闇のなか、犬の目がきらっと光っていた。

そのときの白木蓮はもう散り際だった。

木蓮の花の盛りは三日から一週間くらい。パッと綺麗に咲くけれど、三日くらいで花が萎《しぼ》みだし、白い花びらに茶色の染みが浮き出て、潔《いさぎよ》いくらいにあっけなく枝から落ちていく。

しばらく俺と犬とは見つめ合い――ふいに、その場にたゆたっていた沈黙を断ち切るように、ひとりと一匹のあいだで、木蓮の花びらが枝から地面へぽとりと落ちた。

木蓮の花は驚くくらいに大きな音をさせて落ちるのだ。落下した花びらが木の根元に重なっている。犬は即座にぱたぱたとそこへと駆け寄って、少しだけ悲しげに尻尾《しっぽ》を下げた。

なんだかそれで俺はこいつを「いい犬だな」と思ったのだ。

「……はじめまして、犬」

俺の犬への第一声はそれで。

端的に言えばかなり間抜けなそれを、犬は賢《さか》しげな顔つきで受け止めた。

「木蓮は散り際が悲しいよな。でも俺は好きだ」

あまり人には言ったことのないことを初対面の犬に向かって告げたのは、それはきっと相手が犬だからだ。

犬は落ちた花びらの側から、俺の足下へと小走りで駆け寄ってきた。脛《すね》のあたりに鼻先をぎゅっと押しつけてから、尻尾を軽く左右に振った。

三角の耳がきゅきゅっと動いたのを見下ろした俺は、小さな頭を撫《な》でたくなっておそるおそる身体《からだ》を屈《かが》めた。

犬は、逃げなかった。

俺がのばした手のひらに向かってすっと背伸びをして柔らかな頭突きをしてくれた。もふっとした心地よい感触が手のひらのなかで丸く広がった。


以来、俺は、夜にときどきここで犬と会う。

出会いから一年が経過し、高校生になった、いま——春には芽吹いたばかりの雑草の隙間に、白木蓮の花びらがぼとぼとと音をさせて落ちて重なり、掃除もされないこの庭で、俺は変わらず犬に話しかけている。

ちなみに本命の高校には落ちた……。不合格はショックだった。でも親のほうがよりショックを受けていたから、家では泣き顔も見せられないという夜、俺はこの庭で犬に慰めてもらった。「落ちてた」と犬に告白した途端、ぽろっと涙が零《こぼ》れた。その涙を犬が舌で嘗《な》めてくれて、くすぐったくて、あたたかくて、俺は笑いながら、泣いたっけ。


「滑り止めだった学校も、入学してみたら、居心地がいいよ」

犬はいつも俺にとって、いい話し相手だ。

「あとさ、変な店でアルバイトをはじめることになったんだ。スープカレー屋さんなんだけど……」

犬はお座りをしてきょとんと小首を傾げている。

「なぁ、犬。犬はいいよな。よけいな情報を俺に与えない。見たままの犬だもんな」

犬の名前は、知らない。聞いても俺にわかるようには答えられないし、名前のついた首輪などもつけていないから、一年くらいつきあっているのにいまだに俺にとってこいつは「犬」だ。呼びかけるためだけに仮の名前をつけようかと、適当に「ポチ」とか「ポメ」とか呼んでみたこともあったが、ゴムパッキンに似た唇を軽く持ち上げ歯を剝《む》きだして「うー」と告げたので、やっぱり「犬」でいいかとそのまま通している。

俺は人間より、犬のほうが好きだ。人間相手だと緊張して手のひらにじわっと汗が浮く。誰かと長い会話をした日の夜は、交わした少ない会話のおさらいを脳内でくり広げて、ひとり反省会になってしまうことが多々だ。

自意識過剰の芽が心のすみにぽやっと生えだし、最後には「わーっ、俺ってだめな奴だ」と叫んで頭を抱えることになる。

別に誰も俺には期待してないだろうし、俺だって人気者になりたいわけでもないのに——性格だから仕様がないのだ。

「聞いてくれよ。実は俺にはみんなに秘密にしていることがあって、それは……」

犬は「仕方ないな。話したいのなら聞いてやろう」というように、ふんっと軽く鼻を鳴らし地面にぺたりと身体を伏せた。

尻尾がぱたり、ぱたりと揺れている。

木蓮の花の甘い香りがひとりと一匹を包み込む夜だった。

1

藤原達樹《ふじわらたつき》は高校デビューを目指し、ネクタイの襟元《えりもと》を少しゆるめた。

春の入学式――講堂から教室に戻るまでの廊下で制服をほんの少しだけ崩す。

かっこいい男としてデビューしたいわけじゃない。パリピ系に加入したいわけでもない。

達樹の望みはもっとずっと低い。根暗陰険メガネな自分からの脱却、である。

――最低、クラスの誰かと一日に一回くらいは会話すること。

それを高校生になる自分に課した。

しかし高校初日の本日、教室に集められ、列を組んで講堂にいくまで達樹はいまだ無言を貫《つらぬ》いている。ひとりで歩いているのは達樹だけだ。前の列も後ろの列も、あっというまにコミュニケーションが発生して互いの出身中学の話と自己紹介などがはじまっている。

そんななか達樹だけ無言無表情のメガネくんだった。

――なんでかなあ。

階段の踊り場には大きな鏡がかけられている。鏡に映った自分の姿をチラっと見る。

――悪人顔というわけじゃないし、いたって普通だ。生真面目《きまじめ》そうなのと若干老《ふ》け顔なところは否《いな》めないが……。誰かに話しかけられそうな気配を察すると身構えて、ぷるぷるしがちなところがやっぱり気持ち悪いのか？


紺地に細い金色のストライプ模様のネクタイに金の刺繡《ししゅう》の入った紺ブレザーの制服は、札幌市中央区にある私立皇海《スカイ》学園のものだ。子どもの名前ならばキラキラネームと小馬鹿にされるだろう学園名。しかしこんな名前でも皇海学園は名門なのだった。

札幌では、本州の都市部とは違い、小学校や中学校から受験する子は珍しい。高校になってからの受験組が普通で、偏差値の高い子どもたちほど国公立の高校を目指す。特に「東・西・南・北」の高校は成績優秀者たちがこぞって受験する学校で、皇海学園は、その公立高校を受ける生徒たちの「滑り止め」の私立高校として認識されている。

結果、皇海学園の生徒たちはそこそこに優秀で、だけど少しだけ挫折している生徒たちが大勢揃う学校だとみんなに認識されている。

本日、達樹がかけているさりげなくセンスのいいメガネは姉の見立てだ。高校入学にあたり新調した。ファッションマスターな大学生の姉にワイロを渡し指示を仰いだ。「どんな感じのメガネがいいの」と聞いてきた姉に達樹は逡巡《しゅんじゅん》して後、答えたのだ。「道ばたで通りすがりの人に道を尋ねられがちな感じにして欲しい」「かっこよくしてくれとかじゃないのかよっ」と姉は呆《あき》れたが、達樹が目指しているのは「人に話しかけられやすい」人物なのだ。イメージ戦略。

達樹は自分から人に話しかけるのは無理だと諦《あきら》めている。性格的に緊張してぷるぷるしてしまう。

そのために自分からではなく「他人から話しかけられやすい」というワンポイントを突き詰めて高校デビューを一点突破する計画を立てたのだった。

姉の指南によって本日の達樹は「話しかけられやすい雰囲気」を醸《かも》しだしているはずだった。

鏡の前で歩調を緩《ゆる》めた達樹に、後ろを歩く同級生がぶつかる。曲がり角のスピード制御を間違った体で、つんのめり気味になって達樹の身体《からだ》にささりこんであわあわしている。

「あ、ごめーん。前向いてなかったわー。悪《わり》ぃ」

達樹は鏡越しに、自分にぶつかってきた同級生の顔を見た。

ひと言でいってしまえば美少年だった。ふわふわで少し癖《くせ》のある茶色の髪に、ふわふわした優しげで明るい雰囲気のルックス。

彼が誰かはすでに達樹の脳内データに収納されている。誰にも話しかけられない時間、達樹はクラス名簿と座席表をじっくりと読み込み、達樹を素通りするみんなの会話にアンテナを向けて熱心に聞き、情報収集に集中したのだ。クラスのみんなの出身中学も名前もほぼ完璧だ。

彼の名前は、伊綱位――イヅナヒナ。

ちょっと変わった名前だ。難解な読み仮名。でも彼にはとても似合っている。日に透けると金色にも見える茶色みがかった髪が、雛鳥《ひなどり》を連想させるから。朝からずっとヒナは、自分から積極的に周囲に話しかけ、笑いを振りまいていた。笑う彼はなんだかとても、ぴよぴよして見えた。

少し鳶色《とびいろ》がかった色の大きな目。髪と目の色素が薄いのだ。ヒヨコ系。

だが、しかし――。

イヅナヒナは見た目の雰囲気と中身が違う。かなりヘビーな性格をしている。口調は柔らかいが、言っていることは辛辣《しんらつ》だったり、高飛車だったりだ。ほんのわずかの会話を聞いただけで、達樹は彼のことを「可愛《かわい》いジャイアンみたいだな」と思ったのだった。某有名な漫画のなかのいじめっ子。

つまり彼はこれからの高校生活におけるクラスのムードメーカーとキーパーソンになり得る人物だ。

達樹はおもむろに振り返る。

一日一回と己《おのれ》に課した対人会話ノルマはこれでクリアだと内心で小躍りしつつも、同時にとても緊張している。おかげで頬《ほお》が引《ひ》き攣《つ》っている自覚あり。

相手は絶対的にクラス内のキーパーソンだ。ここは慎重にいかねばなるまい。

視線は相手の胸元あたりで固定だ。

メガネのブリッジを指で押し上げ、うつむき気味で咳払いしてから、口を開く。

「いや。俺が急に立ち止まったから。ごめん」

そうしたらヒナがぐいっと腰を屈《かが》め、達樹の目の前に顔をつき出した。

「ねー、声かすれてるけど、風邪？　そーいや今日、朝からずっと眉間《みけん》にしわ寄ってたよな。すげー怖い顔でピリピリしてたから、みんなおまえのこと避けてたよなー」

「は？」

近い距離で目が合った。

カチリ――。

そのとき脳内でスイッチが入る音が聞こえた――気がした。

ヒナの顔が近すぎて、屈託のない笑顔がまぶしすぎて、ハレーションを起こす。

かっと頭に血がのぼる。

「かすれてるのは……ずっと声を出してなかったからで……あと、距離が……その、近い。あー、風邪じゃない。心配してくれていたなら、ありがたいが……」

しどろもどろ。

「え？　心配なんかしてないよ。うつされたら嫌だなって思っただけ」

「だったらそんな近づくな……というか……ヒナ……ぴよぴよ……ぴよぴよってなん

だ……わ、あ、ごめん。悪い……名前呼び」

迸《ほとばし》った言葉に達樹は慌《あわ》てる。メガネの位置を不自然な勢いで小刻みに調整し、ヒナの斜め上あたりに視線を飛ばし――失敗した、と思った。

身体がずしんと重たくなったかのような心地がした。失望で学校の床にずぶずぶとめり込んでしまいそう。というか穴があれば自主的にめり込みたい。

見た目の冷たさ。いかにも対人苦手ですというピリピリオーラ。それを飛び越して自分に話しかけてくれた相手に、動揺しまくる。接触初期でいつもやってしまう判断ミス。突発的に上滑りして零《こぼ》れがちな言葉と、それをうまく収拾できずどたばたする様子は傍《はた》から見てかなり不気味らしく――それで敬遠されがちな根暗なメガネである藤原達樹。

――やっちゃだめなことを一気に全部やってしまった。

『高校デビュー無様に失敗』という文字列が達樹の脳内で幟《のぼり》になって翻《ひるがえ》る。

しかし――。

「ぴよぴよって」

ヒナはそう言って爆笑したのだった。

「オレの飯綱位の〝位〟をヒナに変換し、さらに雛に当て字した？　それで、ぴよぴよ？」

「え……あ……」

「いや。すげー。オレの名前いきなり読めた人、はじめてだ。しかも、ぴよぴよってなんだって、そっちのほうがなんだだよ」

「すまん」

背中が謝罪で丸くなる。

「いいよ。これからオレのことぴよぴよって呼んでくれても。おまえはメガネが似合ってるからオレはおまえのことメガネって呼ぶ」

「え……あ、うん」

「あ、嫌だったら言って。違う呼び方にするし」

「別に」

「やっぱおまえ風邪かもよ？　なんか顔赤くなってるし。うつされるのやだからこっち来んな！」

「ああ、わかった……」

途端、ヒナは唇をへの字にした。

「わかっちゃだめだろ、そこはー。オレがおまえに意地悪したみたいじゃんかそれ」

「え。俺はおまえが意地悪いとは思ってないから大丈夫」

「ふーん」

ヒナは「じゃあいいけどさ」と言って、ひらっと手を振り、他の生徒と教室に向かう。達樹もまた、いまの出来事をどう判断したらいいのか処理しかねて、頬を引き攣らせて廊下を歩いた。


教室に入るとすでにグループができていた。

朝に教室に来たときにはみんな知らない者同士だったのに、背の順を決めて整列し、講堂で入学式をしただけでなんでこんなにみんなの会話はスムーズに進んでいるのか達樹には謎だ。

それぞれに誰かと会話をしている人の群れ。少し離れて教室の隅の廊下側に達樹はポツンとひとりで立っている。腕組みをして首を斜めにわずかに傾《かし》げて窓の外を見る。

今日は天気がいい。

ひときわ大きな笑い声をあげ、目立っているヒナたちのほうを見やる。窓際で日差しをたっぷり浴びてヒナの髪がキラキラ跳ねている。

――なんかあそこだけやたら明るいな。それに比べて俺は立ち位置すら陰で暗い。

高校で陰キャはやめようと思っていたのに、なぜだ。

そう――つまり達樹は、性格が暗い。

生まれたときから達樹のことを知っている家族のお墨付きの根暗メガネだ。常に相手を警戒し人から引いてしまう薄氷を張ったような態度で人と接する癖がある。

まず、絶対に他人と目を合わさない。

さらに、メガネの奥のつり気味な切れ長の目と、そこそこに優秀な頭脳のせいで、初見で話しかけづらい印象があるらしい。

中学生時代に女生徒たちにひそかに「整ってるけど爬虫類顔」と分類されていたことには、傷ついた。爬虫類に対して悪意はないが、あまり親しみやすい生き物のイメージはない。基本は無表情で冷血っぽいのに、唐突に意表を突いた動きや言葉を発するところも爬虫類っぽいと言われていたことに「たしかになあ」と否定できないところが、嫌だった。

人がなにかにたとえられて傷つくのは、そのたとえに納得できる部分があるからだ。まったく会話ができないわけではないのだ。達樹としては「普通に」接する努力をしている。ただ少しだけコミュ障の気《け》があるのだ。さっきのヒナとの会話がいい例だ。そのため、たまに誰かと長めに会話をした日の夜は、自室でひとり反省会だ。

反省会をくり返していくうちにどんどん対人が苦手になった。話しかけられる度《たび》に緊張の度合いが高まるようになった。色が白いから、感情の上下で赤面すると、すぐに目元がパッと朱色に染まる。それもコンプレックスなので「緊張しないように」と身構える。構えが過剰になって、無言の圧やバリアが達樹の周囲に張り巡らされる。

悪循環。

「座席は——背の順で窓際から順に廊下まで座ってって。廊下から折り返して窓際」

担任の教師がざっくりと言う。

「えー、出席番号順とかじゃないんですか」

誰かが声を上げた。

「背の高いやつが黒板前だと後ろにちっちゃいの座ったら見えないだろ。あと視力が悪くて後ろだと見えない奴は自分で言って前の席に」

熊みたいに図体の大きな担任教師は、吉川順《よしかわじゅん》。担当は数学。ガタイがいいのは学生時代から柔道をやっていたからで、皇海学園の柔道部の顧問でもある。指先についたチョークと、はきはきとした言い方。おおざっぱで豪快な性格を、よれた白衣で包んでいる。

数学教師なのに白衣着用なのはちょっと意表を突かれた。化学や生物じゃあないんだ。

どよどよと背の順に席についていく。達樹はわりと背が高い。178センチ。後ろから二番目の窓側の折り返し地点に席が決まり――折り返されたすぐ後ろがヒナの席になった。

なにげなく振り返ったらヒナがにぱっと笑う。

「メガネ、おまえよく見たら綺麗な顔してんな」

いきなり。

反応しそびれて絶句したらそこで会話が途切れた。

「なんだその反応。言われ慣れてるみたいな顔して見返されるの、むかつくな〜。おまえメガネの癖に生意気だ」

「は？」

やっぱりこいつは「可愛いジャイアン」だと脳内イメージを固定し、言い返すべき言葉が思いつかずに無言でメガネのブリッジを押し上げて視線を逸《そ》らす。

「メガネ、窓開けて」

命令されたから素直に窓を開ける。

ざっくりと吹いてきた風に前髪を巻き上げられ、達樹は、なんとなくネクタイの襟元に触れた。

とりあえず――一日一回の会話ノルマを達成したのみならず、かなり多めに会話カウンターを更新することができていることを本日の成果とみなし自分を誉《ほ》めたのだった。

*

そうして半月ほどが経過した。

それぞれの科目の担当教師たちとも対面し、最初の日に分けられたグループでの行動も固定され、今後の学校生活の流れも漠然と予想がつきだす。

とはいっても達樹はいまだどこのグループにも所属しないままだったが……。


毎朝、達樹が制服のネクタイを締める姿を見て姉が言う。

「ネクタイには、ちょうどいい緩め具合があるの。ほんの少し崩すだけで、かっこよさが決まるんだよ。手は抜かないで」

ほんの少しという指示は、上級者テクすぎる。むしろ三ミリなどと断定して欲しい。

しかし、その「ほんの少し」の加減が大切だというのも、わからないでもないのだ。三ミリとかじゃなく「ほんの少しの、加減」としか言いようがないもの。たとえば人の顔などは、そうだ。まさしく「ほんの少し」目と目のあいだが寄ったり、目の縦幅が違うだけでずいぶんと見た目と印象が変わる。バランスが大事。距離感も大事。

今日も朝、出がけに達樹は姉にネクタイの補正をされた。

「少しだけネクタイ緩めて。うん、これで良し。……これってネクタイだけじゃないよ。バランスを見てあと少し肩から力を抜くことで、達樹の人生も変わっていくはず」

「いや、人生は変わらないよ……」

言い返したら姉は「そうでもないよ。ほんの一歩前に踏み出すことで、変わっていくのが人生ってもんですよ」と胸を張った。

本当か!?


ネクタイのおかげか、入学以降、達樹は毎日、クラスで会話ができていた。おもにヒナが達樹に命じることに対処したり、ヒナが話すことに動揺して無言で見返しては「メガネの癖に生意気だ」と断じられたりすることがメインだが。

今日もまたヒナが謂《い》われのない文句をつけてくる。

「メガネ、中学んとき近寄りがたいとか言われて、孤高のメガネ呼ばわりされて下級生にモテてたんだってな。一目《いちもく》置かれてたらしいじゃん。生意気だな」

ヒナはとても顔が広い。ヒナの中学は南区で達樹とは別だったが、あっというまに達樹の中学時代の同級生から達樹に関しての噂を仕入れてきたようだ。

「モテ……？　そんないいもんじゃないよ」

「誉めてないからね？　孤高はよくない。どう見たってメガネは草食系だ。集団生活に向いてない羊とか、あっというまに狩られて死ぬぞ。群れることで肉食動物の脅威から待避するのが生きていく知恵だ。わかったか。草食系メガネ」

ヒナの言葉はいつでも的確で強く、達樹の胸をぐさぐさと刺した。

「草食系メガネ……」

「その、オレの言った単語をくり返すだけの返事も、どうなん？　だいたいもうちょっと表情筋鍛えたほうがいい。口角下がったまま生き続けると、老けるの早いらしいし」

なにを答えたらいいかわからなくなり口を噤《つぐ》んでしまった。

沈黙が数十秒。

「かーっ、クールかよ」

バンッと机を両手で叩いてエキサイトしてヒナが叫ぶ。達樹はヒナから視線を逸らす。

——孤高のメガネってなんだ。爬虫類だけじゃなくそんなことまで言われてたのか。

表情筋を稼働させないままだったが、実は達樹は内心、かなりがっくり気落ちしていた。

「人の目まっすぐ見て話さないのにクールかよっ。本当におまえ、人の顔から視線逸らすよなあ。オレのことだけ見ないのかと思ったら、全員にそうだよなっ!?」

「いや……、うん。ごめん」

「それで孤高呼ばわりはずるいだろ。どっちかっていうと普通なら高慢キャラで嫌われるだろ。なんか悔《くや》しいからおまえは一年で三十歳くらい加齢しろ! だけどそしたら、顔だち的に、適度に枯れたダンディメガネになりそうだよな。そしたらもっとモテるな。それも悔しいからハゲろ!」

「ハゲるのは……」

「ハゲを侮辱するなーっ。あれは遺伝だから個人の努力ではどうにもならないんだぞ。差別反対っ」

「……俺はハゲを侮辱したつもりは」

ヒナは元気に毎日、何度もこうやって達樹に突っかかってくる。どう反応したらヒナが納得してくれるのか、正直、達樹にはさっぱりわからない。ヒナの相手はコミュ障にはハードルが高い。

「とゆーか、おまえはハゲたらハゲたで似合いそうだよな。頭の形いいもんなあ」

「頭？」

思わず後頭部に手を当てる。

「授業中ずーっと後ろから見てっから、わかんだよ。頭の形すごくいい」

「ありがとう」

「気づいたらメガネのこと誉めまくってるな、オレ。なんか悔しい」

ヒナがばさばさと髪の毛を搔《か》きむしってから机に突っ伏した。正直なのはヒナの美点だ。思ったことしか言わない。いいことも悪いことも。

ふわっとなにかあたたかいものが達樹のなかに生まれた——気がした。

誉められた。

机に伏したヒナのつむじが見えた。頭頂ではなく少し斜めについている。しかも二つある。

——つむじが二つあるからいつも変なところで髪が跳ねてるのか。

その並び方と、髪の跳ね方の勝手気ままな感じが胸をくすぐった。「つむじと髪型までぴよぴよしてんなぁ……」と、くすっと思い、だけど口に出しはしなかった。言葉にしたら、さらに怒らせてしまいそうだ。

頭の形とか、つむじとか、考えたことのないポイントに好意を持つことがあるなんて。

ヒナに言われなければ気づけない「見方」だったと思う。

達樹は腰を捻《ひね》って前を向いた。

――高校入学の当初の目標の、「一日誰かと一回以上話すこと」はクリアしてる。おもにヒナが話しかけてくれるから。でも、いつも最終的にはヒナが怒って喧嘩《けんか》モードで終わるし、どうしたらいいのか。

もうちょっとうまい切り返しができたら、ヒナは、グループのみんなと話すときみたいにぴよぴよと笑ったりするのだろうかと思うと、少し胸が痛んだ。

どうやらコミュニケーションは会話数の問題ではないのだ。一日一回誰かと会話することを目標にしたけれど回数なんて意味がない。むしろ少ない回数であっても、質が大事。そんなことすら達樹はいまだ理解できていなかったのだと、うなだれた。

その日の放課後、帰ろうとする間際、達樹のLINEに見知らぬアカウントからメッセージが届いた。

LINEは無料の通話アプリだ。達樹は家族との連絡用にスマホにダウンロードしてLINEアプリを入れた。交友関係の少なさゆえ家族以外からの連絡は入らない。一応、スマホは学校に持ち込み禁止ではあった。けれど授業中には無音で邪魔にならないようにして、生徒みんなが持ってきている。達樹も、そう。

hina-PIYOPIYO

『おまえんち遊びにいっていい？』

誰かわからなくても——誰だかわかるという絶妙なアカウントＩＤだった。

——ヒナだよね？

達樹はスマホを握りしめ、とまどって黙ってフリーズしてしまった。しばし経過してから第二報が届く。

『いきなりじゃ家にいけないならまず会おう』

「……会おうって、これ」

会ってたよな。教室で。

脳内で返答したが、LINEでそう返信するのはやめた。ヒナを怒らせてしまいそうだから。しかも顔が見えない会話だから、どれくらい怒っているのか見当もつかない。それは怖い。

いつのまに達樹のIDを知ったのか。

何処《どこ》で会うかと時間の指定も、当然、用件もないそれを見て達樹は眉を顰《ひそ》める。嘆息し、結局、達樹はヒナを探しまわった。しかしヒナはどうやらもう帰宅してしまったらしい。靴箱の上履きをチェックし、外靴がないことを確認し、

「なんで!?」

と独白を漏《も》らす達樹である。

なんでかはわからない。でも呼びだしがかかった。

返事を送るかどうか迷って、最終的に、明日の朝に直《じか》に用件を聞くことにしようと結論づけた。

達樹の家は学園からは徒歩圏内だ。といっても自転車で十五分。歩くと三十分以上なので身体が弱い人ならば交通機関を使うかもしれない。達樹は若くて、歩くのに不自由しなくて、時間があるから歩いているのだけれど。

少し大きめな公園を突っ切っていくと近道だ。遊歩道があり、小さな川もあるその公園は市民の憩《いこ》いの場のひとつであり、夕暮れ時のこの時間帯はランニングをしている人や犬の散歩をしている人とよくすれ違う。

いまはさっぽろ園芸市というイベントの真っ最中で、庭木や花がたくさん陳列されて売られている。たこ焼きやかき氷の飲食コーナーも用意されているイベントだから、天気がいいとけっこうな人出だ。

急ぎ過ぎず、かといってゆっくりでもない足どりで公園につながる道を歩いていった。

達樹の持つ学校指定のスクールバッグにはぱんぱんに荷物が詰まっている。辞書からなにから必要なものプラス必要以外のものまで詰め込んで歩くタイプなのだ。重たいそれの持ち手を肩にかけリュックみたいにして背負う。

背後から風が吹きつける。

と——。

シャーシャーという車輪の回る音がして、トンっと背中を勢いよく叩かれた。

達樹はつんのめって転ぶ。背中のバッグからカシャカシャと大きな音がした。両手でかろうじてセーブしたけれど灰色のアスファルトがすぐ目の前だ。

「いてっ」

顔を横に向けてメガネを死守。

自転車が、転んだ達樹の顔の前を走り抜けていく。視線を上げる。見覚えのある茶色の癖毛で、皇海学園の制服を着た少年が自転車を立ち漕《こ》ぎして遠ざかっていく。

「——ヒナっ」

声が出た。ヒナがちらっと振り返った。きゅきゅっと自転車を急停止させ、かっこよくターンを決めてとって返してくる。

夕暮れの真っ赤な空を背負って、ヒナの顔は陰になっていて真っ黒く、暗い。なのに目だけがキラッと光っていた。

視線が交差する。

よく見えないのに、ぴよぴよな整った顔が、ニッと笑った——ような気がした。

自転車のヒナに背中から突き飛ばされた？　なんで？

——助けに戻ってきてくれるのか？

そう思うまもなくヒナの自転車は達樹の横を素通りした。ユーターンして近づいてきたのに、そのまま直進して去っていってしまった。

「……なんなんだよ」

達樹はよろよろとガードレールに手をかけ、立ち上がろうとした。

そうしたら達樹の指先に小さな紙切れがひっついた。

――ん？

ガードレールの裏側にぺたぺたと紙が貼りついている。その一枚が柵をつかんだことで剝《は》がれたのだ。

「なんだこれ……」

達樹のひとさし指に載っているのは、郵便切手をもうひとまわりくらい大きくした紙だ。


【アルバイト募集】


眉間にきゅっとしわが寄った。

立ち上がってから顔を近づけてじっくり眺めた。

几帳《きちょう》面《めん》に角張った手書き文字でそう書いてある。

電話番号と住所とおそらく店名とおぼしき名前もちまちまと記載されている。

【アルバイト募集　スープカレーまちびこ　札幌市中央区南……】

ガードレールの裏をあらためて眺める。そこには他にも二枚ほど同じアルバイト募集の小さな紙が貼られていた。

「……なにこれ。気持ち悪い」

貼り紙はもっと人目につく場所に貼ってこそじゃないだろうか。転んでやっと目につく——転ばないとしても、腰を屈めて座り込まないと気づかないような場所だ。そんなところに貼るってどういうことだ？　背丈の小さな子どもの目線なら気づく位置に、小さな文字の貼り紙でバイト募集？　事件の香りがする。

スープカレーの店？

スープカレーは——北海道ではメジャーな食べ物だ。普通に家の食卓に出てくるカレーとは見た感じからして違う。名前の通りに「スープ」な「カレー」だ。しかしカレー味のスープというひと言では切り捨てられない。

肉や野菜の具材の旨《うま》みがしっかり溶け込んだスープに、絶妙なバランスの香辛料が加わって煮込まれている独自のメニューで、ご飯にかけて食べるというより、ご飯をスープに浸《ひた》して食べるカレーなのだが――。

制服のポケットに突っ込んでいたスマホが道ばたに落ちている。画面がチカチカと瞬《またた》いて、着信を告げている。のろのろと拾い上げチェックする。

hina-PIYOPIYOさんから**LINE**メッセージが届きました。

『まちびこで会おう』

「だから……なんなんだよ……。まちびこってこの貼り紙の店か？」

正直、半泣きになった。意味がわからない。

自転車が走り去った方向に視線を向ける。後を追って捜さないと怒るのだろうか。さらに喧嘩腰になるのだろうか。いったいぜんたいなんなんだ。転んだせいで制服のスラックスが汚れた。手のひらに擦過傷《さつかしょう》ができて痛い。

「ヒナに怒られることとか不機嫌にされることばかり気にしてたけど……。今回のこれは俺のほうが怒ってもいいんじゃないのか」

達樹はヒナに指摘された通りの草食系メガネだ。人の目を見て話さない、陰険根暗メガネでもある。自覚あり。爬虫類系フェイスで無口で気の利いた受け答えは不得手だ。

だからって、無意味に突き飛ばしていいわけはない。

――これって直に文句言うべき？　LINEじゃなくてさ。明日じゃなくて、今日。

さすがにかっとした。

だから達樹は、手に変な貼り紙を貼ったまま走りだした。ヒナが去っていった道を追いかけて曲がり角で曲がる。遠く、次の交差点をちょうど自転車がカーブして左折したのが見えた。

「ヒナッ」

大声を張り上げて駆けていく。ヒナは達樹のことをもう振り返らない。

自転車に乗ったヒナは大通りではなく狭い道に入り込んでいった。自転車と人間の足だ。当然自転車のほうが速い。距離は一向にせばまらず、かといって広がりもしないのが不思議だった。誘い込むように絶妙に、ヒナは達樹を奥まった狭い道の突き当たりへと引き連れていった。

角をひとつ曲がる。

「あれ？」

たしかに自転車がここを曲がっていったのだけれど、いなくなっている。影も形もない。他に脇道はないから、袋の鼠《ねずみ》状態のはずなのに。

道の先にあるのは、家が一軒。

中央区では珍しい広い庭を囲うように橘《たちばな》と紫陽花《あじさい》が植えられて、玄関のすぐ横にこんもりと灯台躑躅《どうだんつつじ》が丸く茂っている。

雰囲気のある佇《たたず》まいの、とても大きな家だ。

あたりを見回して誰もいないのを確認する。来た道を引き返し、ぐるっと回り込まないと表通りには出られない。いつのまに自転車が消えたのか。もしかしてこの広い庭の何処かに隠れているとか？

さすがに無断侵入はできなくて、とりあえずその家の周辺を辿《たど》っているうちに気づけば表通りに出てしまっていた。

裏通りからは、普通の庭つきの家にしか見えなかったが、反対側に回ってみて気づく。

どうやらこの家は飲食店のようだった。

表通りに面した大きな木造のドアの真ん中にぺたりと貼りつけられているのは——。

『スープカレー　まちびこ』

カマボコ板みたいな薄い板に黒いマジックで書かれているそれが、表札なのか看板なのかわからない。

「あ……ここって」

指先につけたまま、握りしめるようにして走ってきていた貼り紙をあらためて見直す。

「この店だ……。事件の匂いしかしない店。え……」

地図の住所は間違っていないことだけは判明した。『まちびこ』さんは貼り紙に記載された住所の場所にあった。

さらに店の壁横にぴたりと貼りつけるようにして、ヒナが乗っていたとおぼしき自転車が停められていた。

LINE メッセージは『まちびこで会おう』だ。

いつもの達樹ならおそらくここで弱気になって「やっぱりやめておこう」とすごすご引き返すだろう。

薄気味の悪い貼り紙だし、理不尽な追いかけっこだったと思う。LINE の意図も不明だし、実際にヒナに会ったら文句を言うこともなくしどろもどろになってしまう未来が見える。万が一、文句を言えたとしても、そこで発生した会話がストレスになって帰宅してからまた大反省会に突入するだろう。

まちびことという店に対しても、ピンと来ない。達樹は基本、冒険には無縁で好奇心も薄い。フェンス裏の小さな貼り紙に興味を惹《ひ》かれるよりは、不気味だと引いてしまってそっと後ずさる方だ。

けれど体育の授業でもないのにえんえん走ってきて身体が火照《ほて》っていたのだった。心臓もばくばく脈打って、汗も流れている。

——ひとつだけ、わかっていること。

いまだったら達樹はこのドアを、走ってきた勢いで開けられる。

だから達樹は、自分の身体に残っている熱をきっかけに、店のドアに手を押し当てた。

思いの外《ほか》、ドアは軽く、わずかな力ですーっと開いた。

ドアの先に広がっているのは、いかにも食べ物屋さんな店内風景だった。テーブルと椅子。カウンターがあって、厨房がある。

もっと奇矯《ききょう》な光景、もしくはファンタジックな店内をなんとなく想像していたようだ。ごく普通な店内の様子に、達樹の肩から力が抜けた。

「いらっしゃいませ」

声がした。

カウンターの奥に立つ男性だ。

短めの黒い髪と真っ黒な目。整った顔の、目尻が少しだけ垂れていて、声と同じに優しげで甘い。背中に定規を入れたみたいにシュッとまっすぐな立ち姿だ。藍《あい》の作務《さむ》衣《え》に紺の割烹着《かっぽうぎ》姿なのがどこかのお寺の僧侶のように見えた。

年齢は、三十歳前後だろうか。

清潔感の漂《ただよ》う純正日本国産の男前だ。

佇まいや纏《まと》う空気が――いままで達樹が見知った人たちのものとはまったく違う。

はじめて出会うタイプの人物だ。

達樹は目を瞬《しばたた》かせ、メガネをくいっと持ち上げる。

つい、上から下までくまなく観察してしまった……。

「お好きなお席にどうぞ」

作務衣姿の男性は掲げた片手で店内を指し示した。

ぐるっと見回す。やたらに子ども客が多い店だ。そのせいなのか、店内の片側は、テーブルと椅子が教室のような並びだ。学校で黒板に向かってみんなが揃って前を向いて座るのと同じに、長い机にいくつかの椅子が、一方の方向にだけ揃えられている。机に向かい合って座るものはいなくて、みんなが前を向いて座るしかない。

曲《ま》がり家《や》みたいな構造の店内である。

キッチンは店奥で、片方が長椅子と机の教室風。もう片方のスペースは一般的な采配のテーブル席だ。思っていたよりずっと店内は広い。

そして――。

ヒナが長机の最後列の端っこに座っている。

「あ、ヒナっ!?」

達樹に名前を呼ばれくるっとこちらを見たヒナが「ん？」と少し気の抜けた声をあげて寄越《よこ》した。

その時、ヒナの目の前をパタパタと走っていこうとした子どもがいた。ちょっとだけ斜めに傾《かし》いだ走り方が目を引いた。もともとバランスが悪い姿勢だったのが、突然の達樹の大声に驚いたのか、振り向こうとして転びかける。

「あ……危なっ」

少年が達樹を見た。達樹も思わず子どもの顔を見てしまった。子どもの視線と達樹の視線がカチリと交差して、達樹は「うわ」と怯《ひる》む。まっすぐなまなざしが、心まで突き刺さってきそうな気がした。

達樹が足を踏みだすよりずっと早くにヒナが咄嗟《とっさ》に立ち上がり、その後ろ襟を自然な動作できゅっと摑《つか》んだ。子猫の首ねっこを咥《くわ》える大人猫みたいに。

「……んぐっ」

引き止めたから転ばなかったのか、そうしなくても転ばずに堪《こら》えられたのかの、判定は微妙なところ。でも子どもはとにかく転ばずに、ただ喉《のど》が一瞬だけつまって変な声を上げ、くるっとヒナを振り返った。

「ごめん。でも、気をつけて。店のなか走るのよくないよ。ちょっと、いい？」

ヒナの声は学校で聞くよりずっと柔らかい。動き方も、表情も。思わず達樹は目を見張りヒナをしげしげと見つめた。

子どもの返事を待たず、ヒナは少年のシャツの裾《すそ》をぺろっとめくり上げた。子どもがびくっと身体をすくめた。
子どもの腰に近い左背中にひどい傷跡。まだ生々しい傷に達樹はハッと息を呑《の》む。
少し離れたところで中学生くらいの少年が心配そうに見守っている。
大きな傷は――問答無用で「痛み」をみんなに連想させる。店内の子どもたちが
ぎょっとしている。
「あちゃー。これは痛い。なんで誰かに言わないんだよ。身近の大人にさ。ま、言い
づらいこともあるか。怒られるかもとかってあるよな。えーと、消毒くらいはしたほ
うが……店の人に薬もらうか……」
ヒナの言葉に、達樹は自分が背負っていたスクールバッグをさっと床におろし、な
かから消毒液を取りだし、ヒナへと渡した。
「メガネ、なんで消毒液持ってんの。……でも、都合いいから、細かいことはどーで
もいいや。ありがと」
ヒナとカチリと目が合った。ニッと笑って達樹の手から消毒液を受け取った。
「沁《し》みるから身構えろよ」
と、早業《はやわざ》で消毒液を子どもの傷口に吹きつけて手当てして終了。めくったシャツを

さっと下ろす。傷口が視界から消え、みんながほっとしている。

「はい。以上。――次にまた背中に怪我《けが》したらオレに言え」

――なんなんだよ、それは。

達樹のことは突き飛ばした癖に、子どもには親切か。

いや、親切でいいんだけれど。

子どもの斜めに傾いだ走り方。ヒナは、その動きで怪我をかばっていることに気づいて、背中を確認し、手当てした。

「オレもそういう怪我したことあるよ。痛いんだよなあ」

ヒナがさらっと言った。なにげない言い方なのに、痛い箇所にそっと触れてくれているような温もりが込められていた。

「そうなんだ。兄ちゃんも？」

子どもが返す。ヒナが笑って「うん」と応じた。

「見て。ほらここ。うっすーく線になって残ってるの、見える？　見えっかなー。見て見て。オレも怒られるかもって心配で大人に言えなくて、じっと我慢してたら……跡残っちゃった。背中って自分で薬つけるのむずいんだよな」

と、ブレザーのなかにごそごそと手を入れてシャツを腹からめくり上げ、背中の傷跡を披露《ひろう》する。茶色の線が、のたうつように背中を走っている。痛々しい傷跡にみんなの視線が集《つど》う。放置しておくとどんどんめくり上げていきそうだった。

「メガネも見ていいぞ。許す」

ぴよぴよした笑顔で達樹に告げる。ヒナは無理にでも場の雰囲気を笑いに変えていく。露悪的とも思えるが、湿った感情がないからなのか痛々しさはそこまでない。

それでも、達樹の喉はカラカラに渇いていく。

なにか言わなくては。

ここで無言で無表情で空気を凍り付かせたくない。

うまい切り返しをしないと、場がしんと静まりそうだ。

必死で汲《く》み上げた言葉を、喉からぎゅっと吐く。

「見せなくていい。なんで傷自慢してるんだ？」

冷たすぎないように。優しく聞こえながら、ヒナがその傷口を隠せるように。

「傷跡は男の勲章《くんしょう》だからさ」

ヒナは名言いいました的なドヤ顔だった。

「男の勲章か。すげーな」

小学生男子たちがまんまとその名言につられている。心配そうにしていた中学生くらいの少年も静かに笑っている。

ヒナの笑い顔を真っ向から見て、達樹のなかにさっきまであった「ひと言文句を言ってやりたい」気持ちが削《そ》がれた。言えなくなった。会おうとLINEされた理由は聞きたいけれど、怒りや腹立ちはしゅっとその火を小さくしていた。

「まあ、あれだ。スープカレー食ってけよ。特別にオレの隣に座っていい」

ヒナが自分の店みたいな言い方をするから「うん」と答え、ペースに乗せられてのろのろと隣に座った。ヒナの前には教科書とノートが広げられている。やりかけの宿題を見て「あれ」と思う。

「ヒナ、いまさっきここに飛び込んだ……んだよな？」

一応、聞いた。

「は？　なに言ってんの。学校終わってからすぐここに来てたけど。なんで？」

「え……？」

まわりに集う子どもたちの「うん、うん」という無言の相づちが、ヒナの言葉が真実なことを裏付けている。ノートもいまさっき書きだした感じではない。

では——達樹を後ろから突き飛ばした自転車の高校生は、誰だ？

考え込む。答えはすぐに出ない。

腕組みをし、ゆるく握った拳を顎《あご》につけてうつむく達樹を、いろんなスパイスの匂いが包んでいる。

鼻の奥がすーっとするような清々《すがすが》しい香りや、ちょっと焦《こ》げたような香ばしい匂い。なにより一番強く香るのはおなじみの「カレー」の匂いだ。クミンがこのカレーの匂いの大本だと聞いたことがある。でも達樹だけじゃなく、だいたいの日本の子どもたちみんなにとって、カレーの匂いは「カレーの匂いだよ！」としか言いようがない。味覚の記憶としっかりと結びつき、匂いを嗅《か》ぐと、途端にお腹がクーッと鳴る。野菜や肉を煮込んだカレーの匂いは、どうしてダイレクトに空腹を呼び起こすのか。

「メガネも『子ども食堂』？」

子どもが達樹に聞いてきた。

「メガネってのは俺のことだよね」

なんとストレートな呼び名だ。そのまんまかよ。ヒナがそう呼んだからか。

「で、子ども食堂……って？」

そうしたら目の前の子どもではなく、斜め横から声が返ってきた。

「子ども食堂っていうのは、子どもがご飯食べるところ！」

達樹は声の方向へとおそるおそる振り返った。まず最初に見たのは、その子の足。それからじょじょに目線をあげていったら、声の主は達樹に近づき、下から顔を覗《のぞ》き込んだ。

「……わ」

飛び込むみたいにして達樹の視界に入り込み、至近距離で見上げてくる綺麗な目に、変な声を出してしまった達樹である。

説明してくれたのは、五歳か、六歳くらいに見える少女であった。

しかもものすごい美少女だ。普段の達樹ならまずしげしげと人の顔を見ることはないのだが、つい真剣に見つめてしまったくらいだ。

懐《ふところ》に入って達樹を見上げてから、少女はするっと後ろに下がった。

金色に近いふわふわの巻き毛を、少女が、指先ではらった。睫《まつげ》も長くて金色で、くるりと丸い大きな瞳は濃い色の鼈甲飴《べっこうあめ》。西洋人形の見た目でフリルのついたエプロンドレスを身につけている。可愛いものマニアが見たら垂涎《すいぜん》の的《まと》という感じ。

「ひとりぼっちでおうちでご飯食べたくない子が、あったかいを食べにくるとこ！」

「……なるほど。あったかいものを食べにくる」

「違う。あったかいを食べに」

どう違う？

少女は達樹に視線を留めて、逡巡《しゅんじゅん》するように小首を傾げ、ひとさし指をピンと立てて左右に振った。振り子みたいにカチカチと。達樹は左右に揺れる指を視線で追いかける。少女は真顔で指をゆらゆらと左右に振ってから、ぴたりと止めた。

「アメです。天気の」

達樹は一瞬考えてから、聞き返す。

「もしかして、それ、きみの名前？」

「そう。あなたの名前教えて」

雨——変わった名前だがキラキラネームにもの申せるような達樹ではない。なにせ所属校が私立皇海《スカイ》学園高校だ。

「藤原達樹です」

いささか引き気味でそう挨拶する達樹に、少女の頬がほころんだ。

笑った顔は、悪戯《いたずら》っぽい天使だった。目と唇がきゅっと真ん中に集まるみたいに、くしゃっと縮まる笑い方。子どもの全力の笑顔って、どうしてかいつ見ても懐かしい。自分もまだたいして大人ではないというのに。もともと笑顔というのは、そういうものか。意味なく幸福を伝播《でんぱ》させる。

「メガネの名前、知った！」

――知った？　過去形？

「寄せて」

少女がスカートの裾をちょんと摘《つま》んで、ツンと顔を上げてそう言った。そういえばずっとアメを立たせたままだ。

「ごめん。気が利かなかったね。どうぞ」

達樹より先にヒナがそう応じた、ヒナが目配せして、尻で移動して奥へと詰めた。こういうところで、コミュ能力値の差が出てしまう。達樹もヒナに倣《なら》って、横へと詰めた。

先に座っていた小学生男子たちが、ちょっとモジモジとして、こづきあっている。

この美少女に思うところがあるのだろう。気持ちはわかる。容姿が天使の年下の女の子。

いろいろなことに困惑していたら、店主がトレイに水のグラスを載せてやって来た。「いらっしゃいませ」の声と一緒に人数分のグラスをトンとテーブルに置く。長机の端のほうへと、渡されたグラスを順繰りに回して送った。

「ありがとう兄ちゃん」「ありがとうメガネ」「どういたしまして」と水一杯で賑《にぎ》やかな有様だ。

ヒナは隣の子どもに感謝され「へへっ」と満更《まんざら》でもない笑顔になっている。

――なるほど。あったかいを、食べに。

長机を共有し、見知らぬ誰かと相席になることで、家でひとりで食べるのとは違う食事風景になる。小柄なアメは足が床につかなくて、椅子の端でつま先をぶらぶらと揺らしている。アメの体温が柔らかく隣に寄り添っている。やり取り含め、当たり前に生まれる会話と笑顔が「あったかい」を運び込んでいる。

「さて。ヒナくんは今日はきちんとお客さんしようかな～。たまには『子ども食堂』じゃないやつにしようっと。ねぇねぇ、アメちゃん、オススメのスープカレーはどれ？」

ヒナがアメに尋ねた。アメは「ううむ」と腕組みをした。

「それはナンモンすぎる。怖ろしい質問をくりだしたな、こやつ」

ものすごいしわが眉間に刻まれた。即答できずに呻吟《しんぎん》している様子も、愛らしくて、
ヒナが口角をきゅっと上げて笑っている。

「子ども食堂について知りたいの？」

店主がトレイを抱えて立ち、達樹に聞いた。

「あ……はい」

「経済的な理由で、家で満足な食事を取れない子どもにあたたかい食事を食べさせる食堂だよ。ボランティア団体がやってるのが一般的。食材はいろんなところからの寄付でまかなってる。『まちびこ』では、スープカレー屋の営業ついでに、平日の夕方四時から六時くらいまでを、子ども食堂として子どもたちに開放してるんだ。六時以降もここに居座っちゃう子も一部いるけどさ」

「ああ……そうなんですね」

そこに——ヒナも混じっているのか、と思う。

「うん。基本、この店は『子ども食堂』の時間帯は、子どもは無料なんだ」

なるほどと、脳内でカチリと歯車が動いた。ここまでに達樹が見た出来事がきちんとはまった。ボランティア。

と——アメがピシッと背筋をのばし、達樹の制服の袖を摑んだ。くるんとした目が達樹の顔を覗き込む。この子はなにもかもが、いちいち、近い。

「オススメは、メニューに載ってない『まちびこスペシャル』だよ！　これは間違いなく美味《おい》しいでしょう！」

しかし近さも許せてしまう。なにせ、話し方が、可愛い。自信満々の笑顔が、可愛い。

オススメについて、ずっと考え込んでいたのか。達樹の胸がきゅんとする。

そして今度は未来形だよ。美味しいでしょう……。

「アメは卵丼にしました。甘じょっぱさが3です」

会話が成り立っているようでいて成り立ってないが、子どもとの会話ってだいたいこんな感じだから——まあいいかと思わせる。

「スープカレーじゃないんだ？」

「毎日シゲキブツを食べてはいけないらしい。面目《めんぼく》ない」

面目ないっていう言葉、久しぶりに聞いた。子どもは近くの大人の話し方を真似《まね》るから、もしかしたらこの子は「ジジババっ子」っていうやつなのかもしれない。

こくこくとうなずくアメの首の動きが愛らしかったので、なんとなく頭をわしっと撫でた。手が自然に吸い寄せられるみたいに、なじんだ。

アメはぐにゃっと溶けたみたいになってゆらゆらと左右に身体を揺らし「撫でられるの好きでした」と笑う。しばらく撫でられてからハッとしたように顔を上げる。

「あ。そうだ。彼は『はせがわまちひこ』さんです！　海彦でも山彦でもなく町彦で、町の声をよく聞く町彦だよ。スープカレーを毎日作るよ。素敵なカレー屋さんです。こちら、タツキ。メガネです。とても良いメガネなのでした。ついでに、そちら、ヒナ。この春からよく来るようになったよ。『たまには子ども食堂じゃないやつに』って言ったりしますが、実はいつも子ども食堂じゃなくてお金を払うただの長居するお客さんです。かっこいい可愛いですね！」

アメが颯爽《さっそう》と紹介してくれた。ライヴハウスでバンドのボーカルがバンドメンバーを紹介するみたいな言い方だ。やっぱりメガネか。そこなのか。ヒナはかっこいい可愛いか。顔面の格差社会だった。

ヒナが子どもたちと会話している。達樹は黙ってメニューを見ている。アメがときどき達樹を見て笑っている。珍しいことに達樹はアメになつかれてしまったようだ。達樹は普段、特に子どもに好かれることはないのだが。

少ししてからスープカレーが運ばれてきた。

オーダーしたのはアメに強くオススメされた『まちびこスペシャル』だった。

達樹の前には赤みの強いスープ。そしてヒナの前には野菜たっぷりの具だくさんのスープだ。見た目が微妙に違っている。どちらもそれぞれ美味しそうだし、スパイスのいい匂いが、ふわふわと湯気になって立ち上っている。

「……同じメニュー頼んだよね」

達樹とヒナが顔を見合わせる。店主が「そうだよ」と笑顔で応じる。

「きみたちが頼んだのは『まちびこスペシャル』だよね。これは特別メニューだから、ひとりひとり違うんだ」

「へ……？」

ひとりひとりに個別メニューを出している？　はたしてそれは採算がとれるのだろうか。

「あのね、足りないものを足してくれるの」

アメがこそっと耳打ちをした。ミステリアスだ。

ヒナが「いただきます」と先に食べる。

「あー、これ旨い。あったまる。じゃが芋がほくほくしてる。玉ねぎは甘い。ブロッコリーは揚げてるのかな。表面カリカリしてる」

旨い、旨い、と口にしてどんどん食べるから、つられるようにして達樹もスプーンを手にした。

身構えて、怖々《こわごわ》とひとくち食べる。

構えてしまったのはちょっとだけ「うさんくさい」気がしたからだ。まさか毒は盛られはしないだろうけど、若干、あやしい店だよね……と。

最初に舌が感じたのは——旨みだった。

なんだかわからないけど、舌の先でまろやかな味がしたのた。でも次に口のなかがかっと熱くなる。

「ぐっ……辛《から》っ。辛い……けど」

美味しい……。

食べると口のなかが辛くなる。辛いけれど、辛いだけじゃなくちゃんと美味しい。香ばしさが口中で弾《はじ》けている。野菜の甘みと香辛料に肉。肉はチキンに、さらに豚。肉にさらに別種の肉という取り合わせだが過剰ではない。まだ年若い達樹にはこれくらいボリュームがあるほうが満足度が高い。

豚肉は噛《か》みしめるとぎゅっと肉汁が溢《あふ》れてくる。ご飯と一緒に食べて、水をがぶがぶと飲む。口のなかが空っぽになると、もうひとくち食べたくなり、カレーを掬《すく》うスプーンの動きが止まらない。

予想に反して――もしかしたら予想通りというべきなのかもしれないが――スープカレーは美味だった。ご飯、スープカレー、ご飯と、無限に食べ続けられそうだ。

「うちは薬膳とスパイスにバランスを振り切った店なんだ。きみに必要なのは刺激と勇気。気、だよね。この店に入るところで使い果たした分の気の補充だよ」

「き……？」

――この店に入るのに気力使い果たしたこと、なんで知ってるんだ？

「それ、ギーを使ってるんだ。ギーっていうのは、香りの強い油の名前。スパイスを炒めてから、すり下ろした玉ねぎも入れて旨みを濃縮したスープでのばした。決め手は僕のブレンドした特製カイエンペッパー。あと気力を逬らせるのって脂身とたんぱく質だったりするよね。エネルギー。だからチキンだけじゃなくトッピングに沖縄風の豚角煮も足してみた。一回、表面をカリッと焼いてから煮込むやつね。肉汁をちゃんと内側に閉じ込めてある。きみはね――身体だけじゃなく心に火を点《とも》して、あとちょっとでいいから、前に踏み出してみて」

店主が達樹にそう言った。

――ちょっとでいいから前に踏み出してみてって。

姉が口を酸っぱくして達樹に言っている言葉と同じだ。『ほんの一歩前に踏み出すことで、変わっていくのが人生ってもんですよ』っていうアドバイス。

びっくりするくらい達樹の心にヒットする言葉が次々出てきて、達樹は「う」と変な声を出して目を白黒させた。

「ヒナくんに必要なのは安心とあと少しだけの沈黙。ヒナくんのもギーを使って炒めたスパイスだけど、分量が違う。こっちはほっこり優しいチキンのスープストックでのばしてるんだ。あとヒナくんのほうの玉ねぎは形を残して食感も楽しめるようにしているよ。なんでも身体で確認したがるタイプで、噛みしめるのも好きでしょう？温度もね、変えてみた。あたたかいけど熱くはないってのも、たまにはいいよね。少しぬるめで、野菜の甘みと形がしっかりしてる。ヒナくんのスペシャルは歯ごたえごと、ゆっくりと味わって」

ヒナには、そう告げた。

ヒナも「わ」と声に出して、気持ちを落ち着けようとするかのように、水を飲んだ。もしかしたらヒナにも達樹同様、思い当たる一言があったのだろうか。

店主はくすっと笑って、離れていった。

辛いのは辛いけれど……スープは熱々で滋味に溢れている。チキンはスプーンで触れたらほろほろと骨から剝がれるまで煮込まれている。ベースのスープの隠し味はたぶんトマト。だからスープが赤いのか。適度な酸味が身体に染み込む。

香ばしさとスパイスの交わり具合が絶妙だ。

ライスにも味がついている。鶏ガラかなにかの出汁《だし》の味。それが口のなかで、ハラりとしてから、続いてパラリと、解《ほど》けていくのだ。

これは、旨い。胸きゅんならぬ、腹きゅんだ。

「ねー、美味しい。あったかいっしょ?」

甘じょっぱさ3の卵丼を口いっぱい頬張りながらアメが言う。

道産子《どさんこ》のイントネーション。あったかいっしょ。

卵丼とは、親子丼から鶏肉を抜いた食べ物のようだ。くたっとなった玉ねぎの茶色と卵の黄色がいい案配。メニューには記載されていなかったから『子ども食堂』限定のメニューなのだろう。アメは甘酸っぱいラッシーという飲み物を口に含んで「ぷはーっ」と息をつく。

そうしているあいだにも客がどんどんやって来る。次々にドアが開き、あっというまに店内は満席だ。厨房と客のテーブルとのあいだを店主は縫《ぬ》うみたいにして歩き回っている。

ヒナはもくもくと完食して「ごっそーさん」と両手を合わせた。奥の小学生たちも食べ終わり、最近流行のゲームの話をしながら食器をガチャガチャとまとめている。

ヒナのすぐ隣の子どもがポツンと無言で、それが気になったのかヒナが熱心に話しかけている。

さっき転びかけた、背中に傷のある子だ。

「ノートでできる遊びってたいしてないよなー。あ、五目並《ごもくなら》べする？」

おもむろに小学生男子とコミュニケーションを図りだした。

「やんない」

すぐに断られて「そっかー」と鞄《かばん》にノートをしまいこむ。だけどヒナはめげずにニコニコしていた。

——ヒナって俺との会話以外だと笑顔が多いんだよなあ。

と、達樹が思ったのを見抜いたみたいに、隣の達樹にも笑いかけてくれた。

「あ……」

目を瞬かせているあいだにヒナは達樹から、小学生へと視線を転じた。

達樹はぎゅっと手を握りしめる。転んで手のひらについた傷がチリチリと痛んだ。

走った勢いでこの店に入った。

辛くて刺激的で旨いスープカレーを食べて。

水をごくごくと飲んで汗を拭いて。

ときどきアメが達樹に笑いかけて、隣でヒナが見知らぬ小学生に熱心に話しかけてつれなくされているのを聞いて。

——あれ、なんだろう。この店すごく居心地がいいな。

空っぽになったスープカレーの器を見て、ぼんやりと思う。まだもう少し食べたいな。満腹なのに。まだもう少しここにいたいな。食べ終えてしまったのに。

どうしてなのか——。

とっくに食べ終えてしまった。あとは支払って帰るだけ。

「じゃあ、そろそろ」

空《す》いている店ならまだしも、混雑してきたら食べ終えて長居は申し訳ない。後ろ髪を引かれながらも、帰ろうと立ち上がりかける。

そうしたらアメが「帰るの？」と目を丸くした。そしてぶわっと涙目になった。

「え……、えええ。どうしたの？　アメちゃん」

尋ねる達樹の袖を指で引っ張り「メガネとまだあまり話してなかった」と、潤《うる》んだ目ですがってくる。

「でもメガネが帰りたいならアメは我慢できた。いつもアメは我慢できたので」

「そ……そんな顔でそんなふうに言われると」

「メガネ、この店の子になりましょう」

きんと高い声でそう言った。店内にアメの声が響き渡った。

「未来形じゃなく勧誘か」

思わず、つぶやいた。なりましょう……って。

「ああ、勧誘か。いいね。うちアルバイト募集してたんだよ」

店主が近づいてきて、食べ終えたみんなの食器を片付けながらさらっと言った。

「あ……そういえばバイト募集の貼り紙見ました」

達樹はそう応じる。あの貼り紙そういえばどこにやったっけ。鞄から消毒液を取りだしたときに床に落としたかもしれない。

「何処で見たの？」

店主が目をぱちくりとさせて聞いてきた。

「学校から公園に向かう途中の舗道のガードレールの下で……転んだら裏に貼ってあるのを見つけて……郵便切手くらいの大きさの……」

説明しているうちに「あれは幻《まぼろし》だったのでは」という気持ちになってきた。不気味なアルバイト募集の貼り紙すぎる。この店の内実とは似つかわしくない。声がだんだん小さくなって、達樹はしどろもどろでメガネの位置を押し上げて直す。

けれど店主が笑って言った。

「あの『見る人を選ぶ』バイト募集の貼り紙を見つけたんだ？　すごいな。まさか大人があれを見つけるとは」

子どもたちがどっと沸いて「あれをか」「あの秘密基地でスパイ募集みたいなやつをか」「オレの小学校でもまだあの貼り紙見つけられたの三人なんだぜ。たった三人」「勇者だ」「エージェントだ」と、達樹とヒナを尊敬のまなざしで見上げる。

——そうか。小学生男子的にはそういう扱いになるかもね。うん。不気味じゃなく、かっこいいし、おもしろいっていうことになるのかも。

「だったらきみ、うちで働こうよ？」

なんだ、それは。ひどく軽い。

店主のまなざしが達樹をとらえる。

トクントクンと胸が鳴った。

達樹はいままでアルバイトなんて——しようと思ったことはない。

なのに店主に微笑《ほほえ》まれ、アメにすがる目をされ、小学生男子たちに羨望のまなざしで見つめられ――達樹の気持ちが上ずった。

もしかしたらあとちょっとだけ、どこかをゆるめたり、違う方向に進んだりしたら、なにかが変わるのかもしれないと、そのとき感じた。

店のドアを開けたとき同様に身体がかっと熱くなっている。スープカレーのスパイスが、舌だけじゃなく、身体全部――いや、身体を超えて心に至るまで染み渡っているみたいな、変な高揚感があった。

目の前にある選択肢はふたつ。バイトする。バイトしない。

肩の辺りくらいに漫画かロールプレイングゲームのフキダシみたいな別枠が浮かび『冒険の書のある店を見つけました。↓　バイトする　バイトしない』と大書きされている感じ。矢印を「バイトする」に置いて、クリックしてしまったらどうなるのだろう。自分の人生に対して、達樹は珍しく能動的な好奇心を抱いたのだ。

ゲームの選択肢の矢印の、たぶんその差はせいぜい数センチ。ミリより少し多くても、所詮はセンチ。そんなわずかばかりの差異でゲームキャラのその後の人生ががらっと変わるのだと、ふと思った。

この店でバイトをしたらどうなるのでしょう?

疑問系。わずかな状況変化が、達樹のなにかを変えるかもしれない。

それに——ものすごく好奇心を刺激される店なので。

子ども食堂と美味しい食事とあったかいと笑顔。

普段の達樹なら絶対にそんなことを言わない。

しかし今回ばかりはいつものバランスを崩してみた。

「はい。バイトさせてください」

するっと言葉が口をついて出て……。

「それはとても良いことでした。めでたし。めでたし。メガネはスープカレーに選ばれしメガネでした」

アメがパチパチと拍手をした。おとぎ話の最終頁《ページ》か。まだなにひとつはじまってもいないのに。

スープカレーに選ばれるってなんだよ。

「めでたし。めでたし」

客たちが一斉に拍手をする。なんで客まで!?

「心配だった。いつかマスターが倒れるんじゃないかと」

「しかもあいつはメガネだ。きっと頭もいい」

「メガネかけててもダメな奴もいるって。ダメガネという」

客たちが達樹の雇用についてと達樹のメガネについて口々に意見を言う。とことんメガネについて推《お》されまくって、達樹は実に微妙な気持ちになったのである。


その後、明日のバイトの時間を指定され、住所氏名を店主に伝え、ヒナと一緒に万歳三唱で客全員に見送られて店を出た。達樹にあわせてヒナも帰ると告げたので、ふたりで出ることになったのだ。

背中でどっしりとした大きなドアが閉まり、客たちの陽気な歓声がしゅうっと消えたのを確認し、達樹とヒナはそれぞれに怖々と『まちびこ』の店先を振り返って眺めてしまった。

「……すごい店だ」

「うん。でも居心地いいんだよな。皇海学園に来てから知って、週に三回か四回あそこで晩飯食って帰ってるんだ。『子ども食堂』やってるから制服で長居してもいやな顔されないし。まさかメガネが来るとは思わんかった。でもメガネんち中学の学区もここだったし、家が近所なんだもんな。顔合わせることもあるわな、それは」

ヒナがあっけらかんとそう言う。

子ども食堂のお客さんの高校生。明るい笑顔の裏側に、ヒナはいろいろな事情をたくさん抱えている。背中の傷跡に、怪我に慣れた様子とかも——隠そうとはせずに自分から口に出すことで、達樹の気持ちを少しラクにさせてくれる。

外は、空気の密度まで薄まっていくような黄昏《たそが》れる手前の薄い闇。ぽつぽつと街灯が灯りはじめている。

——あれ？

不思議だったのは店の前にあったはずの自転車が消えていることだった。ヒナは自転車には乗らず、薄っぺらいスクールバッグを肩から提げてぶらぶらと歩いている。つまり自転車に乗っていたのは別人だったのか？　だけど『まちびこ』にそれらしい人はヒナしかいなかったはず。

諸々のことを問いかけそびれたままの達樹に、ヒナが聞いてくる。

「メガネの鞄、いつも重たそうで、なに入ってるか疑問だったんだよな。消毒液以外にはなに入れてんの？」

「学校に必要なもの」

「消毒液って必要ないだろう。怪我したら保健室行けよー」

怪訝《けげん》な顔をされて一刀両断され、ポッと顔が火照るのが自分でもわかる。言ったら笑われそうだから言いたくない。「もしかしたら誰かに、なにかで、話しかけられたときに役に立てるかもと思って」いろいろなお役立ちグッズを詰めて歩いているなんて……言えない。

自分から話しかけもしないぶん、人の話には聞き耳を立てて「なにかが足りない」と言うひと言には反応して「携帯のバッテリーの予備たまたま持ってたよ」とか「痛み止めの薬と胃薬あるよ」とか「ペンチとマイナスドライバーちょうど鞄に入ってた」とか手渡すことを想像しているなんて——実に達樹は暗いのだ。陰キャである。

しかも実際に誰かの役に立ったのは、今回がはじめてなので——本当に恥ずかしくて、言えない。

無言で歩いていたら——。

「まあいいや。役に立ったから。ありがとな」

そう言ってヒナが笑う。安堵する。

——やばい。泣きそう。嬉しい。

達樹がたくさんの荷物を抱えていた理由。ずっと欲しがっていた、他人からの「ありがとう」をたやすく渡された。なんなんだよヒナはと思う。達樹の胸がトクンと鳴った。

言いだしやすい雰囲気になったので、ここでやっと達樹はヒナに問いかけてみた。

「あのさぁ、ヒナ……俺のことLINEで呼んだのは、なにか話したかったから?」

「は? LINE? 呼んでないけど」

真顔で言われて困惑する。

「でもhina-PIYOPIYOって人から呼ばれたんだ……」

「バーカ。そんな名前で登録してないって。それオレじゃないよ。LINEのＩＤ取ったの中学んときだからぴよぴよって発想ないし、そんな名前つけないって」

「そうなのか?」

「だいたいLINEはずーっと放置してる。そういやしばらく見てねーな。下手に見ちゃうと既読スルーでいろいろ言われて面倒だろ。……つーかさ、本当、ぴよぴよはないって。オレの、どこがどうぴよぴよだったんだ？　おかしかったな、あれ」

ヒナが、くくっと小さく笑っている。

「え……と」

「LINE、疑ってんのか？　なんならオレのLINE見る？」

ヒナがスクールバッグのなかからiPhoneを取りだそうとした。最新のiPhoneは制服のポケットにしまうには大きすぎるのだ。そこまでされたら疑うのは悪いのではと
「いや、いい」と軽く手をあげて制し、話を終えた。

また喧嘩腰で話が終わるのは嫌だった。だから退くことにした。

せっかく『まちびこ』で味わった美味しさや心地よさに、このまま気持ちと身体を預けて帰宅したい。あまり揺らすと心の器からこの独特の心地よい夜が溢れて零れてしまいそうだった。

ひとつ呼吸してから達樹は言う。

「ヒナんちって電車通り沿いだったっけ」

「そう。よく知ってんな。友だちいっぱい連れてきてるから誰かから聞いた？　なん

ならこのままうち来るか？」

「……いや、いいよ。ただ、来た道を引き返すより、この通りを進んで国道に出ると電車の駅があるから」

ご近所ならではの道案内。

「むしろここはおまえんちに誘えよ。近いんだろ。オレ、メガネんちに行きたーい」

「え……、それは」

動揺する。断りかけてから「あ」と思う。またむっとされて、喧嘩口調になるかもと身がすくんだ。

けれど、ヒナが「そっかー。まだそこまで親しくないってことか。じゃあいいや。駅まで送って」と返す。少し寂しそうな、拗《す》ねた言い方で。

――なんでそんな……誘って欲しかったみたいな言い方するんだ？　いつもはだいたいオレ様な命令口調なのに。

でも、今夜に限って、そういうのもありなのかもと納得してしまえるのは――スープカレーの味と、あの店の雰囲気に浸ったせいだ。原因不明の熱が、達樹の胸にもまだ残っている。ヒリヒリと辛くて、でもその辛さが甘みに通じるような、なにか。

だからだろうか。

ヒナも、もしかしたら達樹に対してほんの少し、心を傾けてくれたのかもしれない。

不思議な気持ちで、達樹はヒナに並んで歩いた。

「旨かったよなー、スープカレー」

「そうだね」

それきりふたりは無言になる。いつもならおたついてしまう「誰かと過ごしているあいだの沈黙」が、今宵ばかりは心地よかった。

少し先で信号機の光がチカチカと点滅している。チラッと後ろを見る。看板やこれといった明かりのない『まちびこ』の店の形は、離れてしまうと、曖昧に周囲の家に溶け込んで、普通の一軒家にしか見えなくなった。

知っていれば、気づくことができる。でも知らない限り、そこが「店だ」とパッとはわからない。

わざと「普通の家」に擬態《ぎたい》させたような妙な店だ。

「ところでさ、オレは、メガネの初めてのバイト料で奢《おご》ってもらうから。ちゃんと働けよ」

にこっと笑って、純朴なひな鳥みたいな顔をしてヒナが言う。

出た。可愛いジャイアン。

そうして――達樹は『スープカレー　まちびこ』でアルバイトをすることになったのだ。

＊

達樹のアルバイトします宣言に、家族は誰も反対しなかった。

達樹は根暗である以外はまったく心配のない、手のかからない息子なのだ。そのため「外側に向かって行動した」ということは両親にとっても姉にとっても喜ばしいことだったらしく「一家総出でバイトをしている達樹の見学にいきたい」というのを、慣れるまでは待ってくれと必死で頼んで会話が終わった。

スープカレーを食べたのに、家の夕飯もやっぱり食べて、腹ごなしにと家を抜けだしふらふらと近所を歩く。

姉には「変質者と間違われないよう気をつけなさいよ。春先はいろいろと出るから」と忠告された。変質者に気をつけてじゃなく「変質者に間違われる」ことを懸念されるとは。失礼な。

ぼんやりと脳内で「例によって俺は誰に対してもうまい切り返しができなかったな。コミュ障っていつかどうにかなるものなのかな」などと反省しながら歩いている。

——でも、今日はわりといい感じでヒナと話せた気がする。

自転車の謎。達樹をつき倒したヒナによく似た誰かの謎。謎の多い一日ではあったが収穫も多かった。

やって来たいつもの荒れた庭——。

「……犬、こんばんは」

ちょこんと待っているのはなじみの犬だ。金色の毛玉は、お尻ごとぶんぶん尻尾を振って達樹を歓迎してくれる。

「今日はいろいろと不思議な日だったよ。俺、変な店でアルバイトをはじめることになったんだ。スープカレー屋さんなんだけど……」

犬にもきちんと報告をする。伝わるかどうか不明だが。

しゃがんで中腰になって、カリカリカリと犬の耳の後ろを指先で軽く引っ搔く。心地よさげに犬が目を細めている。

犬は腹を見せて寝転がって、左右に身体をねじった。

「……なんて格好してんだよ。女の子なのにはしたないなぁ、犬。だらしない犬め！こうしてやる」

ぐしゃぐしゃと腹を撫でた。

「俺、アルバイトしようなんて思ってなかった。そもそも俺はこんなだし、このままじゃ働くことすら大変そうって思ってたくらいだから。それでも、どうしてバイトを決めたかっていうとさ。……前に俺には秘密があるって言っただろう？　あれなんだ……あれなんだよなぁ。今日出会ったお店の人たちは俺には……」

わしわしと撫でながら、一方的に語りだす。

犬は腹を出して、されるがままになって、黙って達樹の話を聞いていた。

2

ヒナはメガネのことが嫌いじゃない。むしろ積極的に好きなくらいだ。

ツンとした狐を思わせる整った顔にお洒落《しゃれ》っぽいメガネが似合っている。似合いすぎていて、藤原達樹《ふじわらたつき》の第一印象は「メガネ」であった。高めの身長に細身だけどしっかりとした体格でわりと容姿のいい「メガネ」。言葉数少なく、クール。普通にしていたらいけ好かないし、メガネの奥の切れ長の目は鋭すぎて怖い。

なのに視線を合わせると、レンズの向こうで視線がおどおどと彷徨《さまよ》い崩れ落ちていくのだ。

脆《もろ》い硝子《がらす》みたいに。

キラッとして切れ味がよさそうなのに、カチッと視線が合ったら瞬間で砕けて散ってしまう。

不思議な感覚だった。

目が合ったらいきなり視線を逸《そ》らし、傷ついたようになって二度とこちらを見ない。どういうことだと、気になるじゃないか。そんなの。

じっくり観察してみたら、藤原達樹は高慢そうに見えて、実際は周囲に対して脅《おび》えているようなツンメガネだった。

だから第二印象は――メガネという盾で己《おのれ》を守護しながらその陰でぷるぷる震える草食系の生き物、だった。ちなみにヒナは兎《うさぎ》とか羊とかの草食系の動物のことが好きである。

おまけに達樹はヒナの名前を初見で読めた。

位からヒナに変換し、さらに雛《ひな》に当て字した？　ぴよぴよ？

ヒナは、それまで、自分の、伊綱位《いづなひな》という名前をかなり持てあましていたのだ。

読みづらい。書きづらい。三文字漢字のバランスが難しい。名字はまだいい。しかし名前が問題だ。位という字でヒナと初見で読むのは困難だ。

名前の由来も意味も、正直わからない。

遠い親族にいきなり預けられた赤子だった自分が、そのとき着ていた産着《うぶぎ》に「伊綱位」の名札がついていたから、そうなったというだけで。

そのままヒナは、面倒臭いこの名前ごと施設に預けられ大きくなった。ヒナとは関わりたくないからと、親族は施設にそう言ったとのことだ。大人たちに関してはあまりいい思い出はない。あからさまに邪険にされて、まともにとりあってもらうことなく、投げだされた。

施設は「身よりのない子」を預ける場だったため、遠くても親族がいるならと、親戚のところに試験的に引き渡されたことがある。はっきりいえば、さんざんな結果に終わり、親戚の大人に暴力をふるわれて身体《からだ》に跡がつくような怪我《けが》まで負った。結局、また施設に出戻った。

それでもなぜだか金銭だけは豊富に持たされていた。数年前から賃貸マンションの一室を借り入れて渡されている。外聞が悪いから「ある程度、大きくなったら施設を出てひとりで暮らせ」と小学校高学年の段階で契約させられたのだが——さすがに小学生からひとり暮らしはないなと思った。行政も許可を出さなかった。ヒナが理解したのは、どこまでも親戚たちはヒナを疎《うと》んでいたのだということと、金回りだけはいいのだなということの二点だ。

空《むな》しかった。

そして高校に入ると同時にヒナは施設から出て、ずっと空き屋だったそのマンションでひとり暮らしをはじめた。ヒナがいた施設は、中学卒業と同時に、施設を「卒業」しないとならないのだ。仕方ない。そして暮らしていく場所はある。だったらそこで暮らすしかない。


「ぴよぴよって」


入学式の一日——涼しげで真面目《まじめ》そうな達樹が戸惑ったように動揺しまくって言った「ぴよぴよ」がおかしくて、ヒナは爆笑した。

「いいよ。これからオレのことぴよぴよって呼んでくれても」

メガネの出現でヒナは一気に気がラクになったのだ。

自分よりずっと緊張している男がいる。間抜けな愛称を自分につけて、そのことに動揺してうろたえている。ヒナだけが不安なわけじゃないんだなと——当たり前のことに気づけて、心を縛っていた不安の紐《ひも》がゆるく解けた。

もともとヒナは人当たりはいいほうだが、そこまではしゃぎまくる人間でもない。

弾丸トークの量は、緊張の度合いに比例する。


施設での集団で暮らす毎日はいつもどこか不都合で気詰まりで――でも施設を出てはじめてのひとり暮らしのアパートの部屋は狭いのにやけに広かった。自由に息ができて、好きな時間に風呂に入って眠れて――なのにカランとどこかが寂しい。

知っている人のいない高校の入学式。

いきなりすとんとヒナの名前を呼んで笑わせてくれたメガネと、友だちになりたい。

達樹はヒナに脅《おび》えているのか、毎回、警戒態勢を崩すことがないのだが……。

入学式にヒナが心細い気持ちで空回っていたことと、達樹に気楽にさせてもらって感謝していること――最初にガツガツいきすぎて引かれたようだと、達樹に対して挽《ばん》回《かい》を期してこまめに話しかけていること――そんなすべてを、たぶん、達樹は知らない。

＊

達樹の『まちびこ』アルバイト初日である。

雨が降っている。

風はなく、大粒の雨の滴《しずく》が地面にまっすぐに落ちていく。

達樹は学校から帰宅して着替え、自転車ではなく徒歩で『まちびこ』に向かった。手に持った透明のビニール傘に雨の滴が貼りついている。

バイトをすると決めたものの、ひと晩寝て当日になったら「やっぱりうまくいかないのでは」と気分はすっかり後ろ向きになっていた。いや、後ろまではいかなくて、斜め下くらいか。接客なんて不得意分野の仕事がはたしてできるだろうか。それにスープカレーについても詳しくないし、調理方法も定かではない。

——でも、とにかく相手にも親にも、犬にまでも宣言しちゃったから。

「……それに、あのカレーはもう一回食べたいし。店も気になるし。店主と、あとアメちゃんていうあの子のことや、あとは……子ども食堂」

美味《おい》しいスープカレーだった。

居心地のいい店だった。

ふわっとした蒸気が客席をくまなく包んで、みんなが笑顔でスープカレーを食べていた。はじめて会った達樹が店員になるのを客たちが拍手で歓迎してくれた。食べ物が人の心をつなぐことがあるって、いままで達樹は実感したことがなかったけれど。『まちびこ』のスープカレーは、美味しいだけじゃなく、別な〝なにか〟があったのだ。理屈じゃなく、正体不明なその感覚を、達樹はもっと知りたくなった。

少し考えて店の表ではなく裏に回った。従業員ならば裏から出入りすべきだろう。『まちびこ』の庭で、葉だけを茂らせた紫陽花《あじさい》が、雨の滴を吸い込んで緑の色を深めていた。その根もとに寄り添うように、水仙《すいせん》とチューリップがすくすくと育っている。丈を短く刈られた雑草がチクチクと地面から立ち上がっている。

小学校低学年くらいの少年たちが道を歩く達樹の横を駆けていった。黄色いカッパ姿の彼らの背中でランドセルが揺れてカタカタと音をさせた。

子どもたちは達樹をちらっと眺《なが》め、

「メガネだ！」

と叫んだ。昨日、店で会った子どもたちの誰かなのだろう。

自分のアイデンティティーは子どもたちにとってメガネか。メガネだけなのか。メガネが本体で、人の部分は取り外し可能のオマケみたいな扱いなのかも。

脱力感にとらわれ、肩ががくりと落ちる。

けれどふっと楽になった。

――メガネの付属品くらいの気持ちで挑《いど》むか……。

それくらいの気持ちではじめるのが、達樹にはちょうどいいのかもしれない。

この家の玄関は、いまどき珍しい木と硝子の引き戸だ。鍵とも言えないようなネジ式の鍵が真ん中についている。施錠はされず、ネジがぶら下がり、雨降りだというのに、引き戸は薄く開いている。

『長谷川町彦《はせがわまちひこ》』

店に出しているのと同じカマボコ板に黒いマジック書きの投げやりな表札の、手抜きな感じが独特の味わいになっている。

――町彦さんだから、まちびこなんだろうな。

子どもたちはまっすぐ玄関に走っていって引き戸を開けた。ガタピシと軋《きし》んだ音がした。

「カレー！　今日は昨日よりもうちょっと辛いやつ！」

「オレは昨日と同じでいいやー」

「こらっ。裏から入ってくんなって言ってるだろう。それにいままだ開店前だ」

店主の声がする。

叱り口調だけど、どこか暢気《のんき》だ。ピリピリしていない声だから、怖くない。

「どっちにしろ来るから先に待っててもいいよね。それに、どっちから入っても入れるなら同じじゃん。子どもは仕方ないなーってこないだ言った！　今日は、大人は表で、子どもは裏から入っていいルール！　開店前に店で待つルール」

「いつのまにそんなルール決めたのかな。まあ、いいか。こっちから入るなら靴持ってって。うちんなか通過は土足厳禁。店んなかでは靴を履く」

「はーい」

「……子どもって本当に元気だなー」

「大人って本当に不元気だねー」

子どもたちと町彦のやり取りがかすかに響く。雨のせいか、すべてが淡くけぶって見えて、いまはじめて見聞きしているそんなやり取りが、自分がかつてどこかで誰かと交わしてきた過去の記憶の再現に思え、懐かしいような愛おしいような、そんな不思議な気持ちになった。

斜めにかしげたビニール傘から雨の滴が伝い落ちる。

ふうっと息を吐き「がんばろう」と自分を鼓舞し、達樹は『長谷川町彦』の表札を睨《にら》みつけて、なかへと入った。

仕事の手順を記載しようとメモ帳を持参して、貸してもらった制服のサロンエプロンのポケットに入れる。

店のなかには子どもたちが雀《すずめ》の子みたいに並んで座っている。宿題をしたり、こづきあったり賑《にぎ》やかだ。

厨房の隅で、達樹は店主の町彦の前に立つ。

町彦は本日もすっきりとした修行僧っぽい男前である。

「アルバイトでやってもらいたいことを最初に伝えておくね。基本、スープカレーを作るのは僕なので、達樹くんが厨房に立つことはないです」

「あ……はい」

厨房には立たないと言われて、ほっとした。でも少し落胆もした。スープカレーが達樹に灯した『熱』の秘密が遠のいた……。

「ただドリンクの簡単なものやサイドメニューはそのうち手伝ってもらいたいと思ってるよ」

「はい」

「最終的に調理もしたくなったら、やってもらってもいいよ。スープカレーはさすがに修業してもらわないとまかせられないけど『子ども食堂』のほうのメニューなんかは、達樹くんのアイディアも聞きたいんだ。僕は味覚が大人だから、達樹くんの好みのほうが子どもたちにマッチすると思う」

「え……？　はいっ」

役に立てる部分もあるのか、と。

つんのめり気味に返事をした。なんとなく自分の感情が「剝《む》き出し」になっている気がして恥ずかしくなった。

——別に料理上手ってわけじゃないしグルメでもないのに、図々しいかもしれない。

顔が赤くなるのを隠すために視線をまた、下げる。

「やる気があるのはいいことだよ。僕はそういうの嬉しい。ありがとう。期待してる」

達樹の心の内側の根暗な部分を透かし見て、手当てしてくれるようなタイミングで優しく言われ、達樹はうっと息を吞《の》む。なにこれ。大人の気遣い？

「達樹くん、ちょっと緊張してるね。とって食ったりしないから、リラックスして。と言われてもアルバイトはじめてならガチガチになるよね。誰だって、はじめての出来事に遭遇すると緊張する。——はい、これ飲んで」

さっと差しだされたカップから、爽やかで甘い香りのする湯気が立っている。カップを持った指先に熱がうつる。

「うちでブレンドしたお茶だよ。女の子に人気があるカモミールというハーブのお茶」

ひとくち、飲んだ。林檎《りんご》に似た香りが鼻腔《びこう》をくすぐり、身体のなかに溶けこんでいく。あたたかさが喉《のど》から胃へと流れていく。

「そこで深呼吸」

言われて深呼吸し——カップを置いて、メガネに触れて位置を直す。小さな息が零《こぼ》れる。喉につまっていた〝なにか〟が剝《は》がれて、溶けて、落ちていったかのような錯覚。

「美味しいでしょ？　甘みになるものは入れてない。不思議なもんで、同じブレンドでも、そのときの体調と気分で、香りと味が変わるんだ。必要なものを必要なときに飲むと、ハーブティーは心地よく、甘い。どう？　甘い？」

「甘い、です」

そして、美味しい。

「よかった。指先、冷たくなってたでしょう？　人間って緊張すると手足に血がいかなくなって冷えてくんだよね。温めるといいよ、そういうときは」

「はい」

「あとで包丁捌《さば》きとか見せてよ。メニューや味についてもだけど、野菜を切っておくとか、下ゆでとかの、下ごしらえで入ってもらえたらかなり助かる。なんせアメはそういう部分では、戦力外だから。この店、僕ひとりでまわすの最近かなりきつくて」

アメは客ではなく、町彦の親族なのだそうだ。

今日もひらひらした服装だったが、足もとだけは大人向けのサイズの大きなサンダルを突っかけて歩いている。きっと町彦のものなのだろう。

幼い少女がひとりで、独身男性と共に暮らしているのにはなんらかの事情があるのだろう。だが達樹は無理に内情を聞こうとは思わない。

「はい。あ……でも包丁そんなに使えないです」

「そうなの？　じゃあ店が暇な時間に検定試験するね」

町彦がにこっと笑って言う。検定試験って……やっぱりそれは緊張するなと思う。

「それで、どこまでできるかチェックしてから、きみに頼める範囲を考えるね。今日はまず、お客様のオーダーを聞くことと最初にお水を出すことなど接客をメインでやってください。レジは混んでないうちに打ち方教える。メニューはそこにあるから、事前に見て覚えといて。なんかここまでで質問あるかな」

手渡されたメニュー表を眺める。美味しそうなスープカレーが写真つきで載っている。昨日食べた『まちびこスペシャル』は裏メニューだから掲載されていない。

「昨日の『まちびこスペシャル』ってひとりひとりにカスタマイズなんですよね。裏メニューで掲載されてなくても、お客さんから質問されたりしますか？」

　オーダーされて「なにが入ってるんですか」などと聞かれても、達樹には答えられそうにない。

「あ、そうか。それ言うの忘れてた。昨日、きみたちに食べてもらった『まちびこスペシャル』について。あれは実は誰にでも出してるわけじゃないんだ。お客さんからのオーダーに応えるんじゃなく、僕のほうから『あなたにはこれを食べさせたい』って作らせてもらってるって感じなんだ」

「え、そうなんですか」

　思わず顔を上げた。

「そう。特別メニューだからね。知る人ぞ知る裏メニューで、僕が勝手に見計らって『いま、この人にはこれを』って提供する。そういうふうにしないと『子ども食堂』のみんなも、やたらスペシャル食べたがるからさ。主導権は店側っていう希有《けう》なメニューなので、なにがいいかとお客様に聞かれても『まちびこスペシャルがおすすめです』と店員サイドから言うのはナシ」

　頭の上で両手でばってんというオーバーアクションで町彦が言う。

子ども食堂に集《つど》っている小学生たちの数人が町彦の様子を見て、くすくす笑って真《ま》似《ね》をしている。「ナシです」と頭の上でばってん。「ナシなんだよなー」「ずるいよなー」「食べたいー」とぶぅぶぅ文句が聞こえてくる。

「そんな特別なもの食べさせてもらって、すみません。ありがとうございます」

なるほど。ひとりひとりにカスタマイズしたスープカレーなんて、注文される度《たび》にいちいち出していたら商売にならないだろう。時間も手間もかかるし大変だ。

眉間《みけん》にしわが寄ったらしい。達樹の様子に、町彦がちらっと歯を見せて笑った。

「昨日のはアリだからいい。そういうのがタイミング。タイミングをみるのは僕がプロだから、僕にまかせて」

頭の上で両手で大きな丸を作る。満面の笑みがふわっと優しい。子どもたちがにこにこ笑って「アリだって」「アリアリ」「アリになりたいなー」と同じ仕草をして達樹たちを見ている。

——待てよ。タイミングって、なんだ？　いままさにスープカレーが必要なときって。町彦さんが見ただけで判断して出す？　そんなことできるの？　俺には無理だ。

達樹には無理だが——町彦にはできるのだろう。

いまだって達樹が緊張していたらさっとカモミールティーが出てきて、それを飲んだら、少し落ち着いて、スムーズに話ができるようになったわけだし。

謎が深まる……。

「あのさ、美味しかったでしょ。きみのためだけのスペシャル。刺激になって勇気が出たはず」

町彦が言った。それには素直にこくりとうなずく。

「不思議に思ってたのかもしれないね。食べただけで元気になったっていうこと」

また、うなずく。

「料理って、すごいもんなんだよ。人に元気を渡せるんだから」

町彦がぐっと拳を握りしめて告げた。キラッと目が輝いた。

「特に、スープカレーは完全食だ。パーフェクトだ!!」

突然テンションが上がり、声が大きくなった。

「え？」

「スパイスの力がひときわ生きるのがスープカレーという食べ物なんだ。薬膳！　スパイス!!　ハーブ……そして肉と魚と野菜!!　スープカレーにはこの世界そのものが詰まっている。野菜も肉も魚もなにもかもをスープがぎゅっと抱きしめ、そこにスパイスの波が立ったり、立たなかったりする」

町彦は両腕で自分自身を抱きしめるかのようなボディランゲージつきで感極まったかのようにそう言う。

さっきから真似をしていた小学生のひとりが「立たないんかいっ」とエセ関西弁で突っ込みを入れた。

「立たせるのは――食べてくれるお客さん次第だからね」

町彦が両腕を解《ほど》き、そう応じた。すっと冷静になったかのように、またもとの穏和な笑顔になった。

小学生が言い返した。

「わかんなーい!!」

コールアンドレスポンス。町彦と小学生たちは、互いに連携しあい、絶妙な空気感を作りだしている。

いつもの達樹なら途中で自分の態度に反省したり、告げたひと言を悔《く》やんだりしてうじうじしているところなのだが――周囲と町彦のやり取りが気になって、舞台を見ている感覚で町彦の説明に聞き入っている。

達樹が無言のままでも会話はどんどんつながっていきそうだ。これはこれで帰宅してから「要所要所の突っ込みと質問を小学生たちまかせで、俺はなにも話さなかったけどいいのだろうか」と猛省することになりそうだが……。

「わかんないかなあ。溶かし込まれるスパイスに、海を感じるだろう？　生命の誕生を味わっているかのような感動すらあるよ。僕はずーっと山で育ってきてて、海とか町をあんまり知らなかったんだけど……そんな山育ちの僕に海や都会を感じさせるくらいスープカレーというものは深いのさ。そうだろう？」

達樹の目を覗《のぞ》き込み、町彦が言う。

ガチッと目が合う。

町彦の目は綺麗だが底なし沼みたいに真っ黒で、なにを考えているかもよくわからない。引きずり込まれそうな心地で、達樹は「う」と息を呑《の》んで、少しだけ身体を後ろに引いて、首を傾げた。

「……そうかもしれない……ですね」

話がどんどん飛躍していっているような気もするが、ちゃんとつながっているような気もするしで、微妙な相づちになってしまった。

「スープカレーってどの店も辛さやスープの種類を選べるようになってるだろ？　そういうところが、僕は好きなんだ。海が食べたい人には海を。山を感じたい人には山を。『まちびこスペシャル』まではいかなくても、ひとりひとりがそのときの自分が食べたい味を自分でカスタマイズできる。そういうのが楽しいだろう？」

「なるほどです……」

その説明は、合点がいった。

スープカレーは頼むときのオーダーの作法が、細かい。

まずメニューから、食べたいスープカレーを選ぶ。豚ベーコンのスープカレーとか夏野菜のスープカレーとか。

次にスープの選択だ。『まちびこ』ならば、チキンとエビのスープのどちらかだ。

さらに自分の好みの辛さ――『まちびこ』の場合だと、一から十までのどれかを選ぶ。一応メニューには「普通のカレーの中辛は三くらい」と書いてあるので、それを基準にして各自で選択だ。これは『まちびこ』に限らず、札幌《さっぽろ》のスープカレー屋のほとんどの店でそういうシステムになっているはずだ。辛さを自分で選択できる。

十以上にもっと辛くしたいときはお気軽にお申しつけくださいと『まちびこ』のメニューには記載されている。

ということまではだいたいたいのスープカレー屋の作法だけれど――『まちびこ』はライスの種類もチョイスしていく。チキンとレモングラス。どちらのライスか。

さらにトッピングとして具材をカスタマイズして足していくことができる。チーズや温玉、揚げたブロッコリーやホクホクのじゃが芋。案外スープカレーにマッチする柔らかく煮込んだ大根など、お好みで。

「カスタマイズの選択肢が多いぶん、お客さんたちは何度も通って自分の『一番』を追究してくれる。逆に、こっちからすると通ってくれている人が同じメニューを食べてくれている、その顔や汗の量を見て、『最近、忙しくて疲れてるのでは』とか『身体の芯まで冷えてるんじゃないかな』とかわかったりもする」

「へえ～」

おもしろいな、と感じた。

食べるということで、そんなふうに誰かとコミュニケーションできるのか。

「ここまでのところでなにかスープカレーについての質問はあるかな」

働き方についての注意事項を聞くつもりだったが、いつのまにかスープカレーの講義にスライドしていた？

町彦からふわっと落ちてきた質問だったから、達樹もふわっと考えていたことを口にした。

「スープカレーってどうやって作るんですか？」

基本中の基本だ。だって達樹はスープカレーを作ろうとしたことがない。

町彦の目がかっと見開かれた。

「がんばって作る！」

「え？」

「作り方はね、がんばるってのが一番だ。僕はいつもがんばって作ってる。努力以外になんの方策があるというのか。この道、すべてが修業である」

真顔だった。

困った。そういう精神論にいきつくのか。

「でも――いま僕はものすごく感動したよ。どうやって作るか聞いてくれるってことはさ、達樹くんもスープカレーの伝道師になる気持ちがあるってことだよね。きみは僕のはじめての弟子だ。とうとう僕にも弟子がついたか……感慨深いなあ」

「え……あれ、アルバイト……では、あの」

町彦の熱量に対して、たじたじとなる達樹である。

「町彦ー、アメはお水くださいって言いだしかねていますー。みんなもなのでした。メガネ、水を運んでくれるといいのでしたー」

子どもたちに混じって静かにお絵描きをしていたアメが、ふいに顔を上げ、席からそう声をかけてきた。

「あ、ごめん。そろそろ『まちびこ』としての店を開ける時間だしね。じゃあ、お水、渡してきてください」

町彦がそう言い、水差しのポットを達樹に差しだす。受け取っていそいそと子どもたちのテーブルに向かいグラスに水を注いで並べた。

――あれ、聞こえてた声のわりにはそんなに子どもがいないような？

群れているし、並んで座っているけれど――よく見たら昨日より少ない。そのわりにコールアンドレスポンスでは、たくさんの声が響いていた。あまりじろじろ見るのは不躾《ぶしつけ》なので遠慮してチラ見して、怪訝《けげん》に思う。店の作りが、音を反響しやすい構造なのか。

アメがこそっと小声になって達樹に顔を寄せて、ささやいた。

「……メガネ、あのね、町彦にスープカレーの作り方の話させると、おしまいはいつもちょっと難しいお話になるのね。気をつけて。ドウとか言いだすの。華道とか剣道とか北海道とかスープカレー道なの。玉ねぎのみじん切り百個マラソンとかになるよ。町彦は、体育会系と言われるやつなのです」

その傍《かたわ》らから別な子どものつけ足し。

「あと、スープカレーについてだけはたまに本気で怒るよ。他のことはなに言われてもにこにこしてるのにスープカレーのことだけは怖くなるんだ。気をつけて」

「わかった。ありがとう」

ひそひそと会話をかわし、達樹はアメと小学生たちに「がんばれ」と応援されたのであった。コールアンドレスポンス。さらに解説つき。達樹にとってはあまりにも居心地がよく、完璧な店であった。

バイト初日は覚えることが多い。できないことも多い。達樹が一番せっせとやれているのは小学生たちの相手だ。早めの時間だと中学生はいないようだ。

メガネのポテンシャルですでにやけに子どもに懐《なつ》かれてしまった達樹は、子どもたちの一群に放り込まれていた。時間の経過と共に子どもの数が増えていき、さらに賑やかになった。

最初の町彦と小学生たちのやり取りでヒントをもらっていた。大きな身振りがこの店での子どもたちとのコミュニケーションの主力だ。言葉より仕草。頭の上で両手でバッテンくらいのベタな動きが、受ける。

そこを押さえて無言のまま、咄嗟《とっさ》に大きく身体を動かしているうちに、子どもたちはするっと達樹を受け入れた。

意外と『まちびこ』は繁盛店で、次から次へと客が来る。特に夕方からの一定時間は「子ども食堂」がらみでの子どもたちが多い。

客の波が一旦引けて、子どもたちだけになったタイミングで、アメがぺたりぺたりと駆け寄ってきて達樹の顔を下から覗き込み、告げた。

「メガネは働き者ですなあ。さすがアメのおめがねにかなったメガネです。アメはお鼻が高い高いです。ご褒美にアメの絵を贈ります」

「ありがとう」

どこが上でどこが下かわからない絵であった。紐っぽい長いものが紙一面にのたうっている。よくわからないが、アメの一生懸命さは伝わってくる。

「それはね、ヤトノカミなの。神様だったんだけど、人間が信じてくれなかったから、捨てられちゃって、妖怪になったの」

「おお……なんか裏設定がちゃんと……」

きちんと畳んでしまい、サロンエプロンのポケットに大事に入れた。

町彦が達樹たちに微笑《ほほえ》んで「ちょっと休憩しとくか」とまかないのカレーチャーハンの皿を寄越《よこ》した。特製スパイスを使ったカレーで味付けたチャーハンから、たまらない匂いがした。思わずごくっと唾を飲む。

達樹の腹はとても正直でクゥーっと低い音を勝手に発信する。

——とにかく美味《うま》そう。

「食べるときはエプロンはずして、カウンターに座って。エプロンつけたまま食べてると、知らない人からは、店の人間がさぼって食べてるみたいに見えちゃうからね。

できるだけ、気持ちも客に擬態《ぎたい》して座って食べて」

「はい」

「まかないスペシャル。特別だよ」

こそっと言われた。

——スペシャル？

昨日の『まちびこスペシャル』のようなものだろうか。連日そんなにスペシャルなふるまいをされていいのだろうか。

「いいんですか……こんな特別なもの」

ふるふると手が震える……。

「いいよ。だってきみは今日から僕のお弟子さんだもの。修業、がんばろうね」

「え……」

本当に弟子になってしまったのだろうか。

修業させられてしまうのか？

町彦はするっと離れていく。厨房に戻ってせっせとフライパンでスパイスを油で炒めている。空気のなかに紛《まぎ》れ込む美味しい香り。

カウンターの隅の席に座った。ほかほかと湯気のたっているカレーチャーハンのこんもりとしたご飯の山の上に、半熟の目玉焼きが載っている。いろんな具材が細かく刻まれ、ご飯と一緒に炒められている。スプーンをひとさじ差し入れて、黄身をそっと崩して、混ぜた。

ご飯がパラリとほどけ、そこにとろりと黄身が溶け込む。ちょっとだけ混ぜあわせてから、ぱくりと頬張《ほおば》る。ちょうどいい具合に辛くて、スパイシー。ご飯の粒ひとつひとつにしっかり味が染みついていて、口いっぱいに旨《うま》みが広がる。

「うまっ……」

声が勝手に零《こぼ》れ落ちた。

口のなかが、昨日に引き続き、今日もかっと熱くなる。辛《から》い。辛いけれど旨い。水を飲んで舌を冷やす。冷えたらまたスパイスを噛《か》みしめたくなる。噛むと、滋味が溢《あふ》れだす。

——今日のも気力が漲《みなぎ》るなあ。ハーブティーはカモミールだっけ。このチャーハンにも特別なスパイスが足されてる？

探りたいけれど、わからない。スパイスなのか具材なのか。自分をかきたててくれる味と香りの正体が見極められない。

考えながら食べる達樹を子どもたちがいい感じに放置してくれる。擬態がうまくできたのか、それとも町彦がみんなに言って聞かせたのか。あるいはそれがこの店の、休憩中の店員に対する暗黙のルールなのか。

食べている途中でドアが開き――ヒナが姿を現した。

あれ……と思ったのは、今日はヒナが学校を休んでいたからだった。学校は休んだのに『まちびこ』には来るのか。これって、不良？　それとも日中は風邪などで具合が悪くて学校を休み、夜になったら調子が戻って、でも自分で食事を作るのは面倒だしで食べに出てきた？　ヒナはひとり暮らしだったから……。

「いらっしゃいませ」

町彦の声にヒナは笑顔を見せた。それから店内をぐるっと見回して、達樹を見つけてすたすたと近づいてくる。

達樹は慌《あわ》ててヒナから視線を逸らし、目が合わないようにしている。

ヒナがカウンターの隣に腰をかけ、

「いいな。オレもそれ食べたい」

羨望が滲《にじ》み出る声でそう言った。

ヒナがチャーハンを食い入るように見つめている気配に、達樹は腕でガードした。いまに至るまで店で子どもたち相手にパフォーマンス多めで相手をしていたせいで、勝手に身体が動いたのだ。

「お、メガネがそこまではっきりと拒絶すんの珍しくない？　メガネの癖《くせ》に！」

「メガネは……関係ない」

「よっぽど旨いんだなあ、それ」

「……うん」

美味しかった。身体がまたもやふわっと熱くなっている。

「仕方ない。そこまで旨いものを食べるのはアルバイトで働いてる人の特権だ。働かざる者はひとくちくらい〝しか〟食えないということだな！」

このジャイアンは正攻法ではない引っかけ問題みたいな話し方で圧をかけてくることもあるのだ。なんということだ。ここでうなずいたら、ひとくち取られるんだろう。

あげても別にいいのだけれど。

逡巡《しゅんじゅん》していたらヒナが自主的に打ち切った。

「まあいいや。考えてみたら、同じスプーンで同じ飯をわけっこして食うほど仲良くねーもんな、オレら。じゃあオレは今日はチキンレッグのスープカレーにしよう」

ぐさっ。また刺さった。たしかにそこまで仲良くはないのかもしれないが。

――あげなかったことが申し訳なくなるような。でも、これはこれで「じゃあどうぞ」って言うのもおかしいのかな。

「ヒナくん、いらっしゃい」

町彦がグラスに氷と水を入れ、ヒナの前のカウンターにそっと置いた。トレイを抱えヒナに聞く。

「スープカレーでいいのかな」

「もちろんっ」

「じゃあ、ライスと辛さとスープの種類どうします？」

ライスは鶏ガラで炊いたものと、レモングラスで炊いたものと二種類だ。

「どうしようかな。チキンのスーカに鶏ガラライスはチキンの掛け算で美味しいし、レモングラスはスパイスとの足し算で美味しいし。うーん。……鶏ガラで。それで辛さは五にしておきます。スープもチキンにしたら掛け算すぎるかな？」

「どう掛け合わせても美味しいから大丈夫。『まちびこ』のスープカレーは僕の得意な薬膳に、スパイスを主体としたエスニック寄りだからね」

「薬膳なんだー。通っててはじめて知った。なんか身体によさげだね」

「身体にいいよ」

太鼓判を押して店主は厨房に戻っていった。

勝手に打ちのめされて頭のなかをぐるぐるさせている達樹を尻目に、ヒナはいつものマイペースだ。

「メガネ、うちの犬を見ろよ」

と、唐突に言ってくる。

「犬?」

ヒナのほうは見ないで、聞き返した。

「犬、好きなんだよー。猫もだけど。オレ、ペットと一緒に暮らすのがずーっと夢でさ。だけどどうち賃貸だから無理だって諦めてたわけ。その前は施設の寮生活だったし」

ヒナの口調はとことん明るい。

「それがっ、最近になってやっと念願のオレのためだけの犬を入手しました。おかげさまで毎日楽しくてしゃーない」

ヒナがカウンターにiPhoneを置いて、差しだした。これを見ろっていうことだ。達樹はカレーチャーハンを咀嚼《そしゃく》しつつ、ひょいと首を長くのばして覗き込む。

ペットの写真が見られるのかなと思いきや……。

画面にいるのは——バーチャルペットだった。

デフォルメされたトイプードル。リアルではないが、リアリティがあり——動きが可愛い。つぶらな目にパシパシと長い睫《まつげ》。頭に王冠を飾りつけ、首輪に宝石をつけている。こちらを見返すトイプードルの横に、四角い枠が現れて——。

『おかえりなさーい。さびしかったよー』

バーチャルペットがお座りをして語りかけてくる。文字だけじゃなく、とてもいい声のボイスつき。

『……ねぇ。聞いてる？　ねぇってば。……もう、いいよ。どうせアタシなんて』

クリックを誘って、バーチャルペットが切ない声を出した。くるっと後ろを向いた。尻尾《しっぽ》がふるんと揺れた。ぺたりと伏せた。ちらっと一瞬だけこちらを見て『はぁ

〜』っとため息を漏《も》らして頭を前足の上に載せる。

「うん……？」

　本物の犬の写真だと思っていたので反応が鈍った。

「可愛いって言えよ」

「うん。可愛いね」

　可愛くないわけじゃない。というか、可愛い。

　バーチャルペットだけど。

「だよな。知り合いの子が教えてくれたアプリゲームでさ。最初はその知り合いの子のつきあいでやりはじめて、仮想のペットなんて所詮は仮想だよなーって馬鹿にしてたんだ。でも、アプリだとしても……やっぱり動物には癒《い》やされるんだよなあ。ついついチェックしたり、クリックしたりしちゃうんだよ。こいつと暮らしだしてからLINEもツイッターも、いわゆるＳＮＳ関係のものは全部ぶっちして、ひたすらこいつとだけ会話してる。もう夢中でさ……あ、キモいって言うなよ」

「言わない」

「言わないって即答されるとそれはそれで腹が立つ。馬鹿にしてる？」

「いや……してない……」

「オレ、こいつに貢《みつ》いでるの」

「貢ぐって？」

「リアルマネーをつぎ込んでんだよ。この王冠とか首輪とか全部課金アイテムだから。あと課金に応じて話してくれる台詞《せりふ》が増える！　毎日、ミニゲームがあってそれをこなしていくと、月の終わりのコンテストで上位になれるんだー」

リアルマネー？　課金？

「じゃあ撫《な》でていいよ。はい。クリッククリック」

「えー」

触っていいのかなと思う。

達樹はアプリゲームをしないので、どこをどう撫でたらいいのかも不明なのだ。しかもいまカレーチャーハンを食べている途中だしと、固まった。

ヒナが、拗《す》ねたように「なんだよう」と言った。

「こいつすごいんだからなっ。こないだランキングトップになったんだぞ。全国一位！」

「へえ〜」

「バーチャルはいいよなあ。バーチャルは。賃貸だからペット飼えないのもあるけどさ、オレ、撫でまわしたがりすぎてリアルだと犬にも猫にも敬遠されること多いんだ。逃げると追いたいし、動物からすると迷惑な奴らしくわりと避けられるんだよなあ」

「ああ……なんか、わかる」

「なにがわかんだよ。失礼だな」

「あ、はい。ごめん」

「しかしメガネにもわかるとは。なんでだろう。オレ、そもそも動物全般に好かれたことがほぼないんだよ」

悲しそうな言い方だった。

「いや……でもヒナは人に好かれてるからいいんじゃないかな」

「そうかな？」

「うん」

会話の狭間で、ぺたぺたと足音が近づいてくる。

ふっとその音のほうを見る。アメだった。

じっと達樹を見つめるアメの目がなにかに似ているなと思った。なんだったっけ。この、いたいけな目は見覚えがあるのだが思いだせない。

「メガネ、美味しいですか？　アメ、ちっちゃいからシゲキブツを一人前食べるのはたまになのでした。いいなあ、それ」

童謡にそんなのがあったなと思う。ちっちゃいから好物を半分しか食べられないという子どもの歌。

「美味しいよ。アメちゃんも食べる？　カレーチャーハン」

ひとくちだったら、いいんだろうと思った。アメには昨日からなんとなく世話になっている。アルバイトの声をかけてもらったのもアメがきっかけだ。それにアメの無垢《むく》さと可憐《かれん》さは、庇護欲《ひごよく》をそそる。

「口、開けて。はい」

残り少ないチャーハンをアメの口のなかに滑り込ませた。ほっぺたが膨《ふく》らんで、美味しい顔になって、もぐもぐしている。両手をバタバタと左右に小刻みに振っている。

「なんかこう……ぴよぴよしてる」

くすりと笑いが零れる。父になったことはないけれど、父性愛ってこういうもんじゃないのかなと思う。犬の尻尾みたいに感情のままにばたばたするアメの手の動きが愛らしい。

そうしたら——隣のヒナが語尾の矢印が上向きになった言い方で「あー」と言った。

ヒナの様子を横目で窺《うかが》う。

「ぴよぴよ……ぴよぴよ……やっぱり欲しくなった。くれ。メガネ」

口を大きく開けて、囀《さえず》っている。

「最後の大事なひとくちなので、アメちゃんにしかあげません。はい、アメちゃん」

ちょっとだけムキになる。そんなに仲良くないって自分で言ったじゃないか、と。

アメの口のなかにスプーンを入れると。

アメはぱかっと口を開き、それから閉じて、

「あ————!!」

と言った。

大絶叫である。

「へ?」

アメが両手で頭をぎゅっと抱え「メガネのバカッ」といきなり叫ぶ。

そしてアメはぱたぱたとサンダル履きで走りだし、家屋へとつながるドアを勢いよく開き――去ってしまった。

ちゃんと閉めなかったせいで、ぱたん、ぱたん、と、ドアが頼りなく動いている。

「待って、アメちゃん。どういうこと？」

達樹はアメを追いかけた。

だっていきなり「バカ」呼ばわりですよ？

今日、バイト前に町彦からエプロンを渡される際に案内された家屋の居間に上がり込んだ。「休憩とか、店のトイレがお客さんで埋まっているときは、母屋《おもや》のこっちのトイレ使っていいよ」と最初に指示もされていたので、抵抗なく上がってしまった。

アメは居間のカーテンの裏側に隠れている。

「アメちゃん、俺、なんかした？」

布地がぼわんと膨らんでいて、カーテンの裾《すそ》から小さな裸足《はだし》が覗いていた。

「……優しくした」

小声が答えた。

「優しく……した？　なのにバカなのか？　なんで？　メガネだから？」

「メガネ……うー、アメのこと、見たらダメです」

カーテンの布地をそっと寄せる。

「ダメって、なんで……。ん？」

――耳。

アメは涙目で達樹を見上げている。その頭の上に三角で金色の犬の耳がぽふんっと生えている。驚いて、カーテンをがばっと開く。よく見ると、アメの尻にも尻尾がもふっと生えて、スカートの裾を内側から持ち上げている。

「メガネ……アメは……アメは犬です。実は、犬なんです」

「う……犬……？」

ジタバタと尻尾が左右に動いてから、しゅんと下に垂れる。

耳と尻尾。美形の幼女でフリフリのドレスを着たケモミミつきの――。

「アメはメガネにひとめ惚《ぼ》れというのをした、犬なのです。この一年くらいずっとメガネの夜遊びの相手をしていた犬なのでした」

潤《うる》んだ大きな目で訴えられて、達樹は思わず即座に否定した。

「いや、それはないっ」

「犬です！　メガネの犬です!!」

そこは揺るぎなく、きりっとした目で、大声で言われた。

――犬？　空き屋の庭で夜に会ってた犬のこと？

「……違うだろう。だって、犬は、犬だったよな。いろいろと待ってくれ……」

動揺する達樹の目の前には犬の耳と尻尾をつけたアメが立っている。

綺麗な瞳が達樹を見上げている。

この既視感……。

「違わなかった！　アメはメガネに『犬め』って言われたのが嬉しかったの。女の子なのにはしたない格好をして、夜、メガネのところに、こっそり通って撫でまわされたの。そしたら……」

「……えーっと、それって」

――つまり、本当に、犬なんだろうな……。

そう思うしかなかった。

達樹の独白みたいなものを、賢い顔で聞いていたポメラニアンに似た犬は――言われてみれば、アメに似ていた。

昨日の夜、達樹は犬とそんな話を確かにしたのだ。

あの庭のどこかに盗聴器や隠しカメラを仕込んでいたなら、昨夜のやり取りを知ることはできただろうが——そんな役に立たない情報を仕入れるために盗聴器とか、カメラを仕込む人なんて、どこにいる？　いないだろう。

しかし——一部抜粋で、幼女の顔で訴えられると、胃がきゅんとする。心臓だってきゅんと縮こまって痛くなる。誰かに聞かれたら、達樹は犯罪者扱いだ。間違いない。

「アメはメガネに撫でまわされるのが好きな犬なのです！」

「それは……違うって!!　やめて。やめてくれ」

「なんで？」

「なんでも」

パタパタパタパタと尻尾が揺れて、しゅんと下がる。耳がひくひくと動いている。可愛いのは可愛いが、どういうことになっているのだとおずおずとアメの耳に手を近づけ「触っても大丈夫？」と尋ねてみると、アメがこくこくこくと三度うなずいた。

きゅっと頭を突き出して、自ら達樹の手のひらに添わせるようにして頭を擦《こす》りつけてきた。その感触とやり方は——達樹がなじんだ「犬」の仕草そのものだった。

「チャーハンの最後のひとくち、あんな大切なものをアメにくれるなんて、嬉しいが過ぎて、犬に戻ってしまいました。メガネのバカ!!　アメはまだちっちゃいから人の形にあんまりなれないのです。とてもがんばって人の形になっていたのに。バカバカ!!」

手触りも、犬の耳。薄い皮膚と、柔らかい毛。

「アメはメガネの、秘密も知ってます。誰にも言ってないよ。ふたりだけの秘密だよ?」

泣きそうな小声で、そう告げた。

——可愛い。

「メガネが、人を見ると——相手の人と目を合わせると——その人のまわりに、その人の過去のデキゴトとか、そういうのが文字になって出てくるっていうの、誰にも言ってない。いろんな人の頭とか、肩とかのまわりに、ゲームとかマンガとかのフキダシ?　みたいに?　やだったことも、よかったことも、浮き上がってて……人の歴史?　そういうの見えちゃって、つらくなるっていうの」

「……アメちゃん。そっか。たしかにアメちゃんは」

犬なんだな、と。

もう一度、達樹はつぶやいた。

だってそれは達樹の秘密だったから。

誰にも言ったことがない。夜の散歩の話し相手の犬にしか告げたことがない。

——達樹は、出会う人びとみんなの背後に、過去履歴の文字が浮かんで見える稀《まれ》な体質なのである。


異能——なのかもしれなかった。

視線が合うと、相手の過去記録が文字になって肩越しに浮かぶのだ。

生まれつきずっとそうだった。物心ついたときにはすでに、誰も彼もがふわふわと「文字」のフキダシを肩の上あたりに掲げていた。それが自分だけにしか見えないものだと、最初のうちは気づけなかった。

そもそも本当の昔には「文字」が読めなかったから、触れないけれどぐにゃぐにゃとした不思議な虫の行列みたいなものが空中にずーっと浮かんでいて、それが通常の光景なのだと信じていたのだ。

一応は「あれはなあに？」と両親に尋ねた。しかし両親ともに、達樹の言っているものがなんだかわかってはくれなかった。大層心配され、眼科と小児科と脳外科に連れていかれ、いろんな検査をしてもらい、定期検診に連れていかれた過去もある。

けれどそのうち——ひらがなを習い、カタカナを習い、人づきあいのいくつかを知っていった過程で「あれ、これって」と思い至ったのだ。

どうやら自分には、人の過去履歴を見てしまう能力があるのだ、と。

出会った人のそれぞれの肩越しに、いままでのその人の年表のようなものが見えてしまう。RPGゲームで出会ったキャラクターをクリックして、キャラが話しだすときのように、文字が浮き上がって、達樹に会うまでのその人の出来事や、昨日の印象的な事件などをダイジェストで伝えるのだ。

文字が理解できるようになってからは、雪崩《なだ》れ込んでくる情報がときどき達樹を圧迫した。人によっては達樹の意識をさらってしまうくらいに大きな事情を背負っている。世界中の人びとすべてにその人なりの過去がある。大量の過去が、あるのだ。

「だからメガネは、たくさんの人がいると、息が苦しくなるって。人と目が合わせられないって。いろんな人の過去が見えてるのに、うまく対応できなくて、自分で自分が嫌になるって」

犬に話した愚痴と悩みをアメに訥々《とつとつ》と語られて——達樹は顔から火が噴き出しそうに恥ずかしくなった。

うわーうわーうわー。叫びたい。

第三者（しかもケモミミ美幼女）にしどろもどろに語られた途端、達樹の悩みは曖昧なぼんやりとしたものではなく、リアルな形を伴ってしまった。

他人の過去や感情が見えたからっていいことなんてひとつもない。

知らないなら普通にできるのに、知ってしまったらぎくしゃくしてしまい、人づきあいが苦手になっていった。

「たまに、見えたものを口に出しちゃうときがあって、それで人と喧嘩《けんか》しちゃったことがあるって言ってたね。四角がいっぱいって言ってた」

「四角？　あ、視覚」

視覚いっぱいに文字列のデータが並んで、一気に情報が雪崩れこんでくると、口から溢れてしまうことがある。

自分で制御してデータを遮断しないと、うっかり口にして読み上げていることが多かった。特に幼少時はその傾向が強く、他人が必死で隠していることを露《あら》わにしてしまうことにつながり、人に嫌われた。「なんで知っているんだ」と言って怒られることも多かった。

「四角いっぱいなの？　丸くないの？」

アメが深刻な顔で間違っている。

「丸くないんだ」

「丸いほうがよかった？　四角嫌いなの？　六角形のことはどうでしたですか？」

「六角形のことは考えたことはない……けど、嫌いじゃない」

「そう。少しでも好きなものが多いほうが楽しいね。よかった。アメね、六角形好きなの。かっこいいでしょう？　好きなカタチ」

「好きなカタチなんだ……」

笑ってしまった。そして少しラクになった。

――事情はさておき、悩みそのものは世の中全般によくある話で。

誰にでもある悩みだ。

つまり一直線に並べて箇条書きにしてしまえば「人づきあいが苦手なんです」「対応力が低いのです」「たまに言ってはいけないことを人に対して言ってしまうことがあります」「将来において自分のこのコミュ力の低さがマイナスになり社会不適合者になりそうで不安です」という、そういうことなのだ。

もったいつけて語ってみたところで——人の過去履歴が見えるという特異体質があろうとなかろうと——定義づければそういう悩みだ。

というのを、達樹自身も納得している。伊達《だて》に毎晩ひとりで反省会をしていない。ちゃんと分類はできている。

結局は、達樹が自分の特異体質とうまく折り合いがつけられないということと、対人のコミュ力が低い根暗メガネであることが問題の根幹である。

「でもアメたちにはその、歴史が見えないから……アルバイトするって。昨日、メガネが言ってくれたでしょう。それ嬉しかったの。町彦やアメは、後ろになにも背負ってないからって。そんな人たち、はじめてだったから、アメたちに関わることでなにかが変わるかなって思ったって。変な店だけど居心地よかったったって」

「言った。うん。俺はそれ、犬に言った」

「スープカレーが美味しくて、刺激的で、勇気が出たって」

「……言った。言いました」

達樹の声から力が抜けていく……。

達樹はアメの髪の毛をわしゃわしゃと撫でた。

理解できないけれど――納得した。

達樹は人の形をしたアメに出会ったとき、驚き、警戒したのだ。

なぜならアメの肩越しに、アメの過去についての履歴が見えなかったから。

アメだけではなく、店主の町彦も過去の履歴が見えなかった。

フキダシのない人間に生まれてはじめて巡り合い、興味を抱いた。

「つまり……アメちゃんは実は犬なの？　それとも人なの？」

「うんとね……。本当は犬で、でも人に化けることができるのです」

「なるほどね。そうか。俺は、植物とか、犬とか、猫とか……とにかく人以外のものはみんな……」

綺麗なものは綺麗なままで――その他の情報が付加されることなく「見たままのもの」が見える。

人以外のものならば。

だから達樹は、基本的には人じゃないものを眺めるのが、好きで。

傷ついた過去を持つ人と関わるのが、不得手だ。

優しくしたくても、優しくしきれない。手伝いたくても、ちゃんと手伝う方法がわからない。知る必要のない過去履歴に惑《まど》わされ、間違った対応をしてピシャリとはねのけられた子ども時代を経て――遠慮の薄氷を貼りつかせたいまの自分になってしまった。

そしていつも夜になると自分の言動を反省して頭を掻《か》きむしる。言い過ぎてしまったとか、言わな過ぎてしまったとか、言葉で誰かを傷つけたとか。

自分は嫌われてしまったようだとか。

過去が見えるから有利なんてことはない。

むしろ達樹はどんどん人に対して臆病になっていく。

誰とも目が合わないようにして、斜め上あたりに視線を向けて話すのが癖で――いろんな人に人の目を見られない根暗な人間だと言われ、避けられて。

ヒナみたいに頓着《とんちゃく》せずに達樹にぐんぐん近づいて接してくれる相手は本当にまれで。

そんなまれな人に対しても対応を間違えて遠ざけたり、嫌われたりをくり返して。このまま大人になったとしても、どうやって人とのつきあいを深めていけばいいのか見当もつかなくて。

「アメが、人でも犬でもなくてちょうどよかったね？　メガネ」

話が飛んだ。アメはへにゃあっと笑って達樹を見上げ、金髪の巻き毛がふわっと揺れた。

「あのね。アメ、夜の散歩してるときにメガネが『綺麗だね』ってお花に言ったの聞いたのね。そのときアメは犬の格好で隠れてたのね。それからよくメガネと会ったの。メガネひとりで歩いて、夜に、お花にお話しするのね。電信柱の下のキュウリグサとかにも『可愛いね』って言ってくれてたのね」

「ぐあーっっ」

頭をかきむしる達樹である。

「いいなーって、思ったの。それでアメもメガネに『可愛い』って言われたくなったの。それであのお庭にいったの。そしたらメガネ、ちゃんとアメのこと撫でてくれたのね。――でも『可愛い』じゃなくいつも『こいつめ』とか『うりゃうりゃ毛玉』とか……けど、いいかって。あのね、アメの毛皮はお洋服なので、毛玉じゃなくてドレス姿なのね、それでね」

「もう全体に……勘弁してください」

うつむいて胸を押さえた。

「勘弁しないの。お話を聞きなされ!!」

突然、村の長老みたいな命令形をくりだされ、ぷっと噴いた。綺麗な顔でケモミミで、次々と妙な技をくりだしてくる。可愛いのてんこ盛りか!?

「アメはメガネにありがとうって言いたいので言いますよ」

「ううん……?」

わからない。

「アメねぇ、ずっと寂しかったの」

小声で、アメが言う。静かに降る雨みたいな声だった。ぽたりぽたりと落ちてくる滴みたいに、達樹の身体と心の狭間をするすると言葉が滑り込んでくる。

発した言葉に込められた真摯な感情が、伝わって、染み込んだ。

「アメ、こうだから。……疲れたり、びっくりすると、こんなふうになっちゃうから、あんまりたくさんの時間は、他の人とは話せないのね」

耳と尻尾をきゅっと引っ張って、恥ずかしげにうつむいた。

「犬でも人でもないし……みそっかすなの。本当は、アメのお年頃でしたらもうお耳も尻尾も、きちんと出し入れ自由にできているはずなのに面目《めんぼく》ないのです。でも、メガネきっと犬のアメだからお話しできたね？」

「そう……だね。アメちゃんが、犬だったから」

たとえ幼女であっても人の形をしていたら、そんな悩みを語りかけたりしなかった。そこは断言できる。荒唐無稽《こうとうむけい》な話だし、語ってどうなることでもないし。

「それでアメはアメだから、本当の犬じゃなく人にもなれたので、メガネの話してることとわかろうとできた。メガネに秘密を教えてもらった日に、アメが、アメなことに、意味があるって知った!!」

「意味？」

「……町彦が前に言ってたの。『もしアメがアメのままで、びっくりしたら犬になるままで過ごすんだとしても、その意味を見つけられたらきっと平気になるよ。みそっかすとか言わなくていいよ。なんにでもきちんと意味はあるんだ』って。ちょっと難しい。町彦の話はいつもアメにはまだ難しいの。でもメガネと会って、がんばって、アメはアメである意味を見つけたいと思えたのです。そしたらなんということでしょう。勇気が出ました。空元気《から》も出た」

「空元気って」

なんでこの子は絶妙なチョイスで笑わせてくるのかな。小さく笑って、またわしわしとアメの頭を撫でる。

「だって、メガネはアメの目を見てお話ししてくれたから。アメが人だったら目を合わせないね？　アメ、だめでよかった。犬と人の宙ぶらりんでよかったな。こんなふうな宙ぶらりんのアメでしたけれど……アメはメガネのはじめてをもらえたのね」

「……うん」

「アメはメガネと会えて嬉しいのです。メガネは？」

きゅきゅっと耳が前を向く。レーダーみたいに達樹の様子を探っている。

「うん。俺も嬉しいよ」

アメがパアアアアッという擬音をつけたいような笑顔になる。達樹の手は自動撫でマシンみたいになって、わしわしわしわしわしアメの頭を撫で続けた。

が。

その手がふと止まった。

「……あのさ、アメちゃんの本体が犬ってことは……じゃあアメちゃんの親戚だっていう町彦さんも？」

「アメと同じなの」

「犬？　犬神みたいなもの？」

そこで、アメの耳がひくっと動いた。ことりと小さな音がした。

アメの視線が達樹から、その後ろへと動いた。

「違うよ。正確にきみたちにとってわかりやすい解釈の言葉をあてはめるとすると、僕たちは『天狗《てんぐ》』だよ」

背後から聞こえた声に、達樹は振り返る。

町彦が割烹着《かっぽうぎ》で手を拭きながら現れた。

「天狗？」

聞き返す。町彦が「なかなか戻ってこないと思ったら、アメが正体ばらしてしまっているし」と困った顔で嘆息した。

すると——町彦の割烹着のポケットから、ぽろりと妙なものが零《こぼ》れ落ちる。

平たいポケットにはなにも入ってなさそうなのに、丸いものは次々溢れ、町彦の足もとに転がり落ちて群れていった。真っ黒なまりも羊羹《ようかん》に似たそれは床をころころと転がって「天狗だよ」「天狗だね」「正体ばらして」「困ったね」とこだまみたいに声をあげている。

異形《いぎょう》のものである。

——この声。

コールアンドレスポンス。店のなかで子どもたちの声に混ざって聞こえてきた声と同じでは？

達樹の視線の行方を追いかけて、町彦が眉尻を下げた。

「……こら、出てくるなって言ったのに。参ったなあ。アメの正体はばれるしマチビコは零れ落ちるし。整列。整列」

パンパンっと両手を叩くと漆黒のまりも羊羹が町彦の前に縦に並んだ。ぷるぷるっと揺れて「整列」「整列」と子どもの声で告げてから「わーい」と互いを押しつけあって弾力ではね返されて、ぷるぷると山になった。

最後にぷるんと震えると、まりも羊羹たちはパチッと目を開け一斉に瞬《まばた》いた。

「あの……それ……は？」

おそるおそる尋ねると、

「これはマチビコです。現代日本社会に出現した妖怪……と言っていいかな。実は、店名になってるのは、こっちが由来なんだ。僕の名前はマチヒコであって、マチビコではない」

「はあ……。はぁ？」

一回落ちた声のトーンが、次に上がった。聞き返さざるを得ない内容である。

「山に行くとヤマビコがいるよね。おーいって言うと、おーいって返してくれる。あれを昔、人は妖怪だと思ってた。自然現象だけど、山には、ヤマビコがいると信じていたし——実際ね、人が信じたことでヤマビコという妖怪は実体を持って生まれてしまったんだよ。だから昔、山の奥にはヤマビコっていう妖怪がいたの。ところで近代になり、人はどんどん山から降りて町に出てきた。ビルディングを建てて、階段を作って、町のなかをコンクリートジャングルにした結果——こういうものが生まれちゃったんだよ。現代の妖怪。マチビコです」

さっと片手を差し向けて紹介するように告げる。マチビコたちはぷるぷるを超えて、ぶるぶるしている。どういう構造かは不明だが、表面を必死に震わせて「マチビコです」と一斉に挨拶してくれた。

「は……はぁ……」

「ビル街って、場所によって声、反響するよね。だいたいそういうところにはマチビコがいます。特に害はない奴らだから、気にしないであげて。ただ、かなりの寂しがりやさんで、話しかけられないといじけて悪さをしちゃうことがある。たいしたことはできないけど、足もとを這い上ったり、酔っぱらいを躓《つまず》かせたりは、する。妖怪って放置しとくと祟《たた》るんだ。悪いものになるんだよ。そうなるとよくないと思って、札幌のマチビコはうちの店で寝泊まりさせることにした」

淡々と語るその内容が斜め上すぎて頭がついていかない。

しかし目の前でマチビコがぷるぷるしているので——「そうなんですか」と言うしかないのだった。

「妖怪……信じてないかな?」

首を傾げ、困った顔で町彦が聞いてくる。

「いや……信じるとか……それは」

「信じてくれないと話が進まないんだ。僕たちは天狗。こいつらはマチビコ。その他、いまの札幌には、現代社会になってから生まれた妖怪たちがひしめいていて――うちの店に出入りしている」

「……あ、え、ああ。ああああ？」

謎の声が出た。きちんとした言葉にはならなかった。

そういえば――店のなかには昨日、達樹から見て「過去履歴」の見えない人が、町彦とアメ以外にも数人紛《まぎ》れていたのだ。それもまた達樹が『まちびこ』でバイトをしようと決めたきっかけのひとつだった。

履歴のない人が町彦とアメ以外にも複数いる謎の店で。

――あの人たちも妖怪だったということか？　人じゃない？

「天狗？　あれ……だけどアメちゃんは……犬？」

人？　犬？　天狗？　妖怪？

混乱し、なにを聞けばいいのかもわからなくなっていく。

「そこからかー。じゃあ、天狗についてのレクチャーも手短かにしておくね。天狗の漢字、思いだせるかな？　天はいいとして『グ』のほうね。難しい漢字だけど、あれの読みはイヌ。天の狗《いぬ》だよ。鼻の長い妖怪のほうが天狗としては有名だけど、僕たちはそっちじゃなくて本当にシンプルに本体が『狗』なんだよね。イヌ」

「犬……はい」

——ああ……狗は、犬か。

たしかに天狗と言われたときに達樹の脳裏に浮かぶのは、鼻が長い、いかつい顔の男性なのだが——。

アメはポメラニアンだった。

「天狗にもいろいろと種類があるんだ。おもにみんなが想像している『鼻の長い天狗』はカラス天狗という妖怪だ。そして、僕たちは鳥人であるカラス天狗とは別派の一族なんだ」

「別派の一族……ですか？」

「うん。もとが人だったり、犬だったりの天狗は、うちの一派。修験道《しゅげんどう》として修行した人もたまに紛れてうちの一族に連なることがある。修験道って知ってる？」

「山のなかで修行をつんでるお坊さん……ですよね」

よく知っててくれてありがたいなと、町彦がにっこりと笑った。

「僕らの一派は、山を渡り歩き、人里に人の姿で紛れ込み、ときには犬の姿で走りまわったりしてずっと人間たちとつかず離れずして暮らしてきた『名のない天狗』の一族だ。名前はないけど、けっこう歴史はあるし、有名な天狗が輩出している名門なんだけど……」

天狗にも名門ってあるのか。知らなかった。

「よそから見たら犬の妖怪とか犬神ってことでくくられるかもしれないな。本体が犬なので。……でも僕らは、僕たちのことを『天狗』の一族だと名乗ってる。天狗っていうのは妖怪とされたり、神様とされたり、人によって分類もおおざっぱだし、僕ら一族が自分たちを『天狗』だって言い張っても特に誰からも物言いもこないしさ」

「……はあ」

「わかんないなーって顔して聞いてるなあ。そのへんの事実が露《あら》わになるかどうかは、民俗学者の後年の学問研究に期待するしかないよね。でも達樹くんは、理解して、信じて。僕とアメは『天狗』で、こういう姿で実際にここにいて」

町彦の指が床を指し示す。

「現代社会の妖怪の世話をしながら、一族由来の薬膳の料理の力を駆使して、スープカレーを作ってるってことを」

「天狗が作るスープカレー……？」

どういうことだよと脳内で突っ込みの言葉がぐるぐると渦を巻く。同時に妙に納得もしている。

だから「足りないもの」を「足して」くれたのか。

美味しさの秘訣は天狗の秘術か。

「スープカレーだけじゃない。飢饉《ききん》のときに天狗のご馳走を里に配って人を救った天狗もいるし、食べられる特殊な草を山に植えた天狗もいるよ。たまたま僕はスープカレーが大好きだから、伝道師としてスープカレーの店を作っただけで――実はみんなが知らないだけで、日本全国あちこちで天狗がいろんな食べ物屋さんやってるんだ。天狗は精進料理と山菜の処理が得意だから、天ぷらの名店がけっこう多いかな」

絶句した。

居酒屋に天狗の絵がついているチェーン店とか、あれもしやと思ったが、聞かないでおいた。

「さて、天狗たちがどうして人里に来て、人にものを食べさせるか、わかるかな？」

コールアンドレスポンス。マチビコたちが元気にわきゃわきゃと足もとで「わかるかな」「わかる」と声をあげているが——達樹には、わからない。

「どうしてですか？」

「それはね、僕たち『天狗』の出自による。『天狗』ってそもそもが、人に見いだされた妖怪なんだよね。厳密には妖怪というより神様寄りだけど——ここですべてを話すと達樹くんが混乱しそうだから妖怪ってくくりにしておくね。人の信仰で力を得た妖怪や神は、人が信仰をなくし僕たちのことを忘れ去ることで消えてしまうんだ。どういう仕組みかはわからない。ただそれが僕たちの成り立ちの〝理《ことわり》〟なんだ。人の想像力と信仰心が僕たちを活《い》かすエネルギー。だから天狗はたまに、人にご馳走をふるまって、思いだしてもらうんだ。僕たちのことと、その力をね。そうしないと僕たちの存在が消えてしまうから」

「消える……んですか？」

消えるんだよと、町彦が深くうなずいた。

「大きな神社を構えた神様たちは、いい。社《やしろ》があれば、人はお参りしにくるし、そこで祈りを通じて力をもらえる。でも自然神や、社も持たない小さな神様や妖怪は、忘れ去られて消えていくんだ。……消えていく。人に語り継がれなくなることで消滅するんだ。寂しいよね」

とはいっても、と、町彦は足もとのマチビコたちをあたたかいまなざしで見つめた。

「消えた妖怪もいれば、新しく生まれてきた妖怪もいる。マチビコはビル街の反響と暗がりを、人の誰かがふと〝怖い〟〝なにかがいるかも〟って思ったときに生まれたんだと思うよ。力をもらい、形を得て——まだ名づけられていないままのこいつらを僕が見つけて拾った。可愛いよね、マチビコ」

「……はい」

マチビコたちがぷるぷると、町彦の足に頭突きしている。

可愛いといえば、まあ、可愛い。

「ヤトノカミとかオボとか、忘れられて消えた神様や妖怪がいる一方、マチビコみたいに、町なかや電脳世界の新しい場に次々に妖怪や神が生みだされている」

ヤトノカミって……アメが描いてくれた謎の絵では？

「僕たち料理上手な天狗一族は、忘れ去られたり消えたりしたくないから、全国津津浦浦あちこちで店を構えることにした。他の〝忘れられたくなくて、まだ消えたくない〟平和主義な小さな神様や妖怪たちも、僕たちの活動に協力してくれるようになった」

うちが収支とか気にしないでやっていけるのは、山のみんなと海のみんな——名前もなくて、社もないような小さな神とあやかしたちが僕を応援してくれているからだよ。食材はみんなからとても新鮮なものを無料でわけてもらっている。

町彦がゆっくりと、噛みしめるようにそう告げた。

「みんなの心に『天狗をはじめとした、ささやかな自然神たちや妖怪の存在と信仰』を残したいから。本当はね、祟《たた》ったほうが人の心に強く残って、忘れられない神様や妖怪になれるんだけど……」

怖いもの、祟るもののほうを、人は畏《おそ》れ、大事にしがちなんだけどね。

でも僕たちは祟らない。

町彦がそう告げた。

畏れられることなく、優しさと善意とを、食べることを通じて伝えたいのだと。

自然の豊かさと懐《ふところ》の深さは食を通じて伝えられると信じてるんだ。

食べるということは、生きることだから。

「そうしたら、人の心のなかで、僕たちが生きていけるのかなと思って。僕たちは、人間たちに、自然って凄い力を持ってたねって思いだしてもらいたいんだ。だから、天狗をはじめとした妖怪と神様が同盟を結んで、日本全国に得意な形で出店をしている。みんなの力で静かに、ゆっくりと、優しい呪《まじな》いをはじめたんだよ。こうやってマチビコみたいな現代妖怪も次々と仲間にスカウトしてね」

「現代妖怪をスカウトして……天狗の店を……？」

おうむ返しばかりの会話術はコミュ障だからというのもあるけれど——今回に限りはそれだけが問題じゃない。そう、コミュニケーションだけの問題ではない。

内容が問題なのだ……。

「こういう秘密や呪術は、急いでやろうとすると、人や他の祟り神たちに排除されてしまうから、ゆっくりと慎重に、ね。——きみには知られてしまったけど」

町彦がくすっと笑った。

「僕は達樹くんに、小さな神様と妖怪たちがかき集めてくれた大切な『気』を、昨日、スペシャルなスープカレーで渡したよ。受け取ってくれた？」

心の奥に熾火《おきび》が残っている。こくんとうなずく。

ただ達樹の癖で、どうしてもそっぽを向いてしまう。

すると——。

「事情を伝えたうえで、きみが僕たちの味方になってくれない場合は——天狗攫《さら》いって言葉、知ってるかな？」

町彦の声からするっと優しさが抜けた。達樹に近づき、綺麗な指でトンと胸を衝《つ》いた。

「え？」

ぎょっとして見ると、町彦の目に少しだけ凶悪な色が灯った。

なにげない言い方だった。表情そのものは穏やかなのが、かえって怖かった。胸を押す町彦の爪先が薄い刃物みたいにキラッと光って見えた。

ただふわふわとあたたかいだけだった町彦の気配が、ぎらりと豹変する。大きな——大きな——自然の脅威に似たものへと。姿形はそのままで、背負う空気がざらりと変わる。

部屋の明かりがちらちらと瞬《またた》く。

鬼にも犬にも天狗にも見える――異形の影が町彦の後ろに浮かび上がる。

そのとき、達樹の背中で、かすかな唸《うな》り声がした。小さいけれど、鋭さがある。そうっと見ると、アメが真っ赤な顔で頬を膨らませている。

「……うう。町彦おじさんのバカッ!!　メガネを苛《いじ》めたら許さないでしょう」

アメが達樹の腕を引いた。

「メガネはアメが守りますから!!」

カーテンの陰に引き入れて、布をシャーッと周囲に巻いた。ひとりと一匹はカーテンに包まれて、アメは小さな手で達樹の服の袖をぎゅうっと握りしめている。

「大丈夫。アメがいますから」

真顔で二度、守護を宣告される。

「あ……うん」

「メガネ……アメのこと嫌い？　天狗のこと嫌いになった？」

耳と尻尾がしおれて、垂れている。

「いや、好きだよ。嫌いじゃない」

「本当？」

こそっと聞き返してくる。達樹がアメの頭をよしよしと撫でると、アメはほっとしたように笑った。

「アメもメガネのこと好きですよ。あのね、メガネ、『自分で自分が嫌になる』って言ったの、アメは悲しかった。アメが好きなメガネのこと、メガネは好きになってください。お願いします」

ケモミミ美幼女にはにかむような笑いつきで見上げられ「なんだ、これ」と達樹は思わず独白を漏らした。

とりあえず――他の感想はその時点では、まったく出てこなかった。

3

「冗談だったのに。ちょっとした天狗ジョーク。天狗の人攫《ひとさら》いとか神隠しとか、そういうの僕はやったことないよ。無害にスープカレーを作ってるただの天狗さ。料理上手なのを持ち上げられて、人の信仰心を取り戻すために呪術的なスープカレーを作る作戦の実行者として札幌《さっぽろ》に潜《もぐ》り込んだけど、ここで人を山に攫ったら、拠点にするはずの『まちびこ』の経営を放棄することになるだろう？　マチビコたちも路頭に迷うし、最近うちに来るようになった現代妖怪の〝幽霊アカウントのツクモガミ〟や〝風の目小僧〟の皆さんなんかも困るから、そんなことしないよー」

町彦《まちひこ》が言う。

対して、アメは「うーっ」と唸《うな》ってから――。

「……ごめん。町彦」

と頭を下げた。毛羽《けば》だったモップみたいに膨《ふく》らんでいた尻尾《しっぽ》の毛が落ち着いていく。

天狗ジョークってなんだ。アメリカンジョークみたいなものか。

町彦がひらひらと手を振り、その場は一旦、収まったのだ。

アメの耳と尻尾が収縮してしゅるっと消えて、普通の美幼女に変化した。

町彦がアメを入念にチェックして、

「じゃあ、店に戻ろうか」

とゆるーく告げる。

マチビコたちは町彦のポケットへと一列になってよじのぼって収まった。

――どうなってんだ。あれ……。

達樹《たつき》は、一切、膨らみのないポケットをしばし凝視する。視線を感じたのかポケットから「まりも羊羹《ようかん》」のはしっこが、数ミリ覗《のぞ》いた。こちらを窺《うかが》うようにしてぷるっと震えてから、シュタッと慌《あわ》てて隠れていった。

――可愛《かわい》い、かも？

いまひとつ腑に落ちないながらも、三人揃って店へと戻ったのである。

店では、ヒナが心配そうに達樹たちを待っていた。

ヒナだけではなく、その場にいるお客さんたち全員が達樹を気遣うようにしてこちらを向いている。

カチリ。カチリ。カチリ。

次々と目が合った。次々とゲーム画面みたいに各自の肩越しに過去履歴の箇条書きが広がっていった。

今日の『まちびこ』は「人」が多いようだ。

——うわぁ。

達樹は怯《ひる》んだ。物理的な衝撃を受けたみたいになってたじろいで、後ずさりかける。

が——アメが達樹の手をぎゅっと握って、見上げた。

「大丈夫だよ、メガネ」

「あ……うん」

手にじわっと汗が浮きだした。アメはそんな達樹の手をしっかりと握っている。

取《と》り繕《つくろ》えずにいる達樹を尻目に、

「メガネをバカって言ったアメがバカでした。面目《めんぼく》ないのです。ちゃんと仲直りしたよ。ね、メガネ?」

アメが店のみんなに宣言し、にこっと笑った。

「そうなんだ。よかったね」

ほっとしたように客たちが一斉に話しだす。達樹の返事を、常連客たちは気にしていたようだ。

――こんなちっちゃい子に励まされて、フォローされてる俺って……。

情けないなあと背中が丸まる。恥ずかしさといたたまれなさで頬《ほお》が引《ひ》き攣《つ》る。

面目ないのは自分だよと叫びたいのを我慢して、店用のエプロンを手にして身につける。カウンターの内側に入って、消毒液をつけて手を洗う。

アメがカウンターのスツールのひとつに「よっこいせー」と声を出して座った。

カウンターに座るみんながふっと笑う。

カチリと、ヒナと目が合った。油断した。ヒナと目が合うと、ヒナの重たい過去データが一気に飛び込んでくるので――できるだけ目を逸《そ》らして避けてきたのに。

今日はそういう配慮もできないくらい動揺していて……。

途端、ヒナの肩のあたりに直近の過去履歴がふわっと浮かんだ。

データ化されたとおぼしき文章がずらずらと並ぶ。飛び込んで来た文字列の文章が達樹をくらくらさせる。

【ひとり暮らしの部屋に昨日空き巣が入り警察に捜査された。部屋はまだ荒れているので家に帰りたくない。空き巣犯人は見つからず未逮捕なので実は怖がっている……】

ずらずらと出てくる文字列のとっかかりを読んでしまう。いつもなら無視して読まないように気をつけているのに、天狗と妖怪とアメがいつもの犬だったという衝撃が強くて、自分の能力についての自衛をしそびれたのだ。

しかもいきなり重たい事件が羅列されたから、物理的にガツンと叩かれたみたいな衝撃も同時に受けた。

——これだからヒナは。

ヒナの斜め上に浮きでる過去記録は、いつだって重たいのだ。普通にみんなの目に映る範囲のヒナはぴよぴよとして明るいのに。

「……空き巣……まだ荒れてる……戻るの、怖い……」

ぽそっと声が出た。

まれに、こうなることがある。飛び込んでくる情報を口から零《こぼ》してしまうことが。

いくつかの単語を無意識に読み上げていく。

とても小さな声だった。でもヒナが耳ざとく拾い上げた。

「は？　メガネ？」

声をかけられて我にかえる。これは……まずい。

「なんでもない。ただちょっと……」

狼狽《うろた》えてごまかそうとしたけれど、ヒナは容赦ない。

「なんだよ。顔に書いてあったみたいなこと言うんじゃないよな」

ヒナが言う。

「いや……そんなことは……」

「入学式のときにオレの顔見て、ぴよぴよって言ったときと同じ言い方してる。なんかあやしい」

「あやしくは……ないと」

もごもごと言い訳しつつ、内心で冷や汗をかく。

ヒナとの出会いのときは——顔の横にフキダシ的に過去履歴があって、その第一行目が「ひな　ぴよぴよ」だったのだ。いままでそんなふざけた履歴が見えたことはなかったから、あのときは達樹も思わず声に出してしまった。

——あの後、ヒナと話して少し経過してから、ヒナのそれまでのハードな経歴が突然流れ出してきたんだっけ。

ヒナの履歴に関しては、重たいデータが一旦固まってから一気に流れてくるのにとても似ていた。だからなんとなく達樹は「ヒナは過去が重たいからそうなったんだろう」と、そのように理解している。ぴよぴよも、重たいデータの文字化けのようなものだと。

自分の異能についても「他者のデータに敏感な特異体質なんじゃないかな」と勝手にそんなふうに推察している。脳というのは電気信号の集まりで、記憶もまた電気的なデータとして個人の脳に記録されているらしい。

なので達樹は自分の能力を「電気的な信号の蓄積の、ある種のものに敏感な」特異体質なのだろうと結論づけた。実際のところはわからない。脳科学の本とか物理学の本とかたくさん読んで、達樹が想定した仮説である。

この仮説の組み立て上は、ヒナのようにデータがハードで重たい人生を背負った人間に関して、一時的に文字列が乱れて見えても納得できる。

すべては電気信号なのだから、磁気が乱れることもある。

「それで……今日のオレは『空き巣』って感じがしたのかよ」

どうしようと無言になる。目を白黒させて泳がせる。

ヒナががばっと立ち上がり、達樹の前に顔を突き出した。ひょいっと目を覗き込んでくるから「ひっ」と変な声が出た。

「メガネ、それ正解だから。うち空き巣に入られたんだ。おまえ実はなんかの超能力持ってるとかじゃないよな」

「……ええと」

「超能力持ってるならそれ使って解決してくれよ。わかってることあるなら、いま言ってくれ。不気味なんだよ。窓硝子《まどがらす》割って部屋に侵入されたのに、これといって物は盗《と》られてなかったんだ。オレ、誰かに憎まれてたりしてそれで嫌がらせされてるとかなのかな？　こう見えてオレのこと嫌いな奴はけっこういるわけ。なんでかな、オレは裏表のない、いい奴なのになあ」

——裏表がないから敵ができるのでは。

というのは言い返さないまま、達樹は、斜め上の方向に視線をスライドしかけて

——ここで無言を貫《つらぬ》いたら、いつもの達樹だとふと思った。

爬虫類顔の会話の弾《はず》まないメガネ。他人の履歴を見る能力保持者だが、それをどう使えばいいのかわからず、持てあましてうろうろとして内側にこもってしまう陰気キャラ。

でも、今日は、視界のはしでアメがキラキラした大きな目で達樹を見上げてくれていた。

——メガネは『自分で自分が嫌になる』って言ったの、アメは悲しかった。アメが好きなメガネのこと、メガネは好きになってください。お願いします——

こんなことを言われたのは、はじめてだった。

家族じゃない他人の誰かに、こんなに綺麗で優しいことを願われたことはいままでなかった。

カモミールティーのハーブ。カレーのスパイス。食べることで達樹のなかに足された『刺激』と『勇気』がとろ火で炊かれている。達樹の心の裏側をアメの言葉と視線が、炙《あぶ》っている。じんわりと熱されて、表面かぷくっと膨れている。あと少しの勇気で達樹の〝なにか〟が弾ける予感がした。

ありったけの勇気ややる気や元気。

天狗の作ったスペシャルなカレーチャーハンのスパイスで『足りない部分』は足りている。

――ヒナはすごく重たい過去を背負ってるのにそれでめげたり、曲がったりしてない、優しい奴で。

ヒナと同じ理由で怪我《けが》をした小学生に気づいて、手当てして、声をかけて励ましたりするそういう気配りを見せる男で。

そういうのをいちいち口にしたりするわけじゃなく、行動で善意を示したうえで、自分の痛みを笑い話みたいにしてうまくコーティングして話して場を和《なご》ませて。

無口で目立たない達樹にちゃんと話しかけてくれるクラスメイトだ。

――俺はヒナの事情も、あの小学生の子の事情も、過去履歴を見て知っていたのに、まったく行動できなくてただ口ごもってた駄目な奴だった。

だから――ヒナに消毒液を渡したときに、少しだけ救われた。

消毒液を貸しただけだが、自分が役に立てたって思って嬉しかった。

――アメちゃんはこんな俺と会うことで『アメはアメである意味を見つけたいと思えた』って言ってくれたんだ。

じゃあ達樹が、達樹である意味は？

達樹は、自分がこんな力を持った意味を、生まれてはじめて「見つけたい」と思った。いままではずっと「どうして」としか思ったことがなかった。「こんな能力があるから自分はコミュ障で陰キャになってしまったんだ」って、言い訳にしている能力だった。

でも――。

達樹は、もう一度、ヒナを見た。

意を決して、まっすぐに視線を合わせた。

カチリ。

その肩先に浮かんだ文字列が、情報となって達樹の口元から零れだしていく……。

＊

走るアメを追いかけて『まちびこ』の裏にまわって、後を追った店主と三人で戻ってきてからの達樹は、いままでとちょっとだけ〝なにか〟が違った。

なにが違うのかはヒナにもわからなかったのだが、とにかく〝なにか〟が変わったのだ。

ヒナが達樹に詰め寄ると、意を決したようにヒナを見て――。

ヒナの肩先を胡乱《うろん》な目で見つめ、短い単語だけで「空き巣」「戻るの、怖い」「友人たちの家で寝泊まり」「でも着替え困る。パンツ足りない」と、たどたどしく言ってからハッと我にかえったようになり、メガネを指で押し上げ目元を赤くして、

「パンツ……あ……えと、ごめん」

というとんでもない言葉で、会話にならない会話を終えたのである。

「パンツくらいで赤くなるって、おまえピュアかっ」

いや、突っ込みポイントはそこじゃないんだけれど。

ヒナが困っていることや怖がっていることをビシバシと当てられて、そこに驚いて聞き返したかったのに、シメの言葉がそれで、しかも赤面されたから咄嗟《とっさ》にそんなことを言ってしまったヒナである。

達樹は無言でメガネの位置をせわしなく直し、うつむいてしまった。

「クールと見せかけメンタル実は小学生か。パンツとウンコだったらどっちが口に出して言いたい日本語か選手権エントリーナンバーメガネだろ」

「……ごめん」

「謝罪されても……」

さすがにそろそろヒナは達樹の性格がわかってきた。

達樹はどちらかというと無口で、ほぼ自己主張をしない。でも、無表情のわりに、目元や頰《ほお》がすぐに赤くなるので照れたり困ったりがちゃんと伝わる。

つまりじっと見ていたら、表情からはわからないが、表情以外の要素で達樹の感情の動きがわかるのだ。

ヒナのことを心配してくれているのが、だから、わかってしまったのだ。

いい奴じゃんって思ったのだ。

それでつい頼りたくなり、ヒナは「ひとりで帰宅するの怖いから、ついて来い」と命じてしまった。そうしたら案の定、達樹は「わかった」とうなずいてくれたのである。

わかったのかよ、と思ってしまう。

ちょろいな、みたいな気持ちになる。

思いのほか純朴で見た目がツンな分、ギャップとしてそんな性格がやけに可愛らしく見える。しかし達樹本人はその可愛らしさには、無自覚なようだ。

――まあ、こういうのって自覚したら目もあてられないっていうか。

噂では下級生たちにモテていたらしい。でも、下級生に限らず、同級生も上級生も、女子たちはそこそこに達樹のことを愛《め》でていたのではないだろうか。この年代だと、女性のほうがだいたい大人だ。達樹の内面の純粋さや人の良さや青さみたいなものに女性たちはきっと気づいていたに違いない。

とはいえ反面、達樹は同性には嫌われそうだ。

――女子連中の一部と、男子のほとんどからは、面倒くせぇ奴って思って放置されてたんだろうなあ。

そんなことを思いながら——ヒナは達樹に付き添ってもらって、店の外に出た。
ヒナの隣で、達樹はパッと見は冷静そうなツンメガネを維持して静かに歩いている。

昼に降っていた雨は、やんでいる。

道の端の水銀灯がぼんやりと周囲を照らしている。

「……本当になんにも盗まれてなかったんだよ。うち、こういうとアレだけど通帳にはけっこうな金が入ってるんだ。ただ警察の人の話だと、通帳はアシがつくからプロの空き巣狙いは手を出さないんだってさ」

ヒナは自宅の空き巣状況を説明する。

「それでも部屋に入ったら、クローゼットが開け放されて服がひっくり返されてて、それで異常事態なのは、わかった。あと窓が割れてた。侵入はそこからだったみたい。すぐに警察に連絡したんだけど、即座に来るわけじゃないんだよね。ちょっとタイムラグがあってのんびりめでやって来て、事情聴取と現場検証？」

深夜からスタートし時間がかかった。

さらに今日も今日でまだ調べたいことがあると言われたため、ヒナは学校に連絡して休みをもらったのだ。事情が事情だったから、欠席届はあっさり受理された。担任教師はヒナの欠席の理由をクラスのみんなには伝えていなかったようだ。達樹からそう聞いた。広めていい内容じゃないと判断したのだろう。

「——誰かが侵入したことはたしかで、それについては警察が調べてくれてる。なんか足跡とか、指紋とか？　二階のベランダにちゃんと足跡があったんだよね。掃除してなかったせいで数年分の埃《ほこり》が溜まってて、それがいい仕事したみたい。あ、住んでるマンションはけっこう前から賃貸契約結んでて、でもオレが小中学校時代は空き部屋だったわけ。その年代のひとり暮らしはまずいから、オレは施設に入っててさ。……しかしオレ、この環境でグレないって、芯がしっかりしたいい子だよな」

達樹が突っ込みを入れないのでヒナがひたすらしゃべる。

あまりなにもかもを語ってしまうと重たくなりがちな自分の境遇なのだが——達樹が黙りこくっているから、話さないと間が持たないので。

「うん。ヒナは、いい奴だと思う」

相づちは唐突だった。

「え。あ……そう？」

いきなり「いい奴」と言われ、予想外だったので間抜けな顔になってしまった。

――いい奴って。

「メガネ、オレのことをさして知らない癖《くせ》に……この春に出会ったばっかなのに」

「うん。でも――俺が知ってる範囲のヒナはすごくいい奴だから。出会っていままでのトータルで、すごい奴だなって思ってるよ。本当に」

「なんだよそれ。――もっと誉《ほ》めて」

照れくさいのと、変な嬉しさで、ヒナは達樹の背中をバシバシ叩いた。だって達樹はたぶん本気でそう感じて言ってくれているようなので。そういうのは伝わる。嘘をつけない顔なのだ。達樹は。

あまりにも背中を叩きすぎて、達樹が「ぶほっ」と咳き込んだ。

「悪《わり》ぃ」

「うん……」

「メガネもいい奴だと思うよ、オレは。見てて、すごいわかりやすいし。おまえが一部の人に好かれるの、なんかわかるわ」

「わか……りやすい？　好かれる……？　え？」

達樹の声がはね上がった。背中を叩いてもずり落ちなかったメガネが、いいタイミングでずりっと下に落ちた。

メガネを押し上げる達樹の手が震えている。

思わず笑ってしまったら、達樹が目を逸らし頬のあたりを指先で小さく掻《か》いた。

困っているし、目元が赤くなっているし、おそらく嬉しがっている感じ。

「一部の人に、な。アメちゃんとか子どもたちとかにすごく好かれてるよなあ」

「あ……ああ……うん」

と言ってから、また沈黙する。

「アメちゃん、なんで怒ってたのさっき。裏でなんかあったの？」

「あれは……」

「いや、話したくないことなら無理に言わなくていいから。そのかわりなんか話題出して」

会話のパスを投げた。

「……じゃあ、空き巣の話聞かせてくれ。足跡はどんな？」

「大人の男性の足跡らしいよ。埃何年分もだから厚みもあって、沈んでる部分で、だいたいの体重もわかるらしい。オレよりずっと重たくて、足が大きいから——まあ男だろうって」

「なにも盗まれてないのは不思議だよな」

「そう。不思議なんだ」

そこで話すべき空き巣事情は終了。

沈黙は嫌だなと、次に語るべき共通の楽しい話題はと考え、結局、ヒナはペットアプリの話題を振った。

「オレのアプリの犬がさ、今日新しい言葉を覚えたんだ」

「そう」

「たまに言い間違いしたりするのも、けっこう可愛らしくてさ。訂正してあげると『うん。わかった』って復唱したりして」

「そう」

達樹はまったく食いついてこない。

「メガネもっとこう、話にのれよ。『そう』以外のこと言えよ。もういっそオレのパンツについて聞くのでもいいから」

「……興味ない……から」

「興味もてよ。オレにっ」

「いや……ヒナには興味……持ってるよ。あの……違う、つまりパンツに興味がないだけで。ごめん。だから」

達樹がメガネを上げ下げしているので「仕方ないな」と脱力する。こういう奴なんだ、こいつは。メガネが「メガネの準備運動」をはじめるときは、困っているとき。

不器用だなと思う。

けれどそういうの、嫌いではないなとも思う。

「パンツはいいから、じゃあペットについて質問してくれ。オレの可愛いショードッグのスミコのことを」

「すみ……こ？　澄子さん？　意外と……落ち着いたお名前ですね。古風なひびきで」

なんだその言葉使い？　見合いか？

「すみっこが好きで、部屋のすみっこにいくから名前つけたんだ。最初は、こっちに慣れてくれなくてさー、すみっこに隠れちゃって、犬なのに本質は猫かよっていうくらい家具の裏に隠れてばっかりで。個性のある子だったわけだよ」

いそいそと答える。

「個性？　アプリ……なのに？」

「うるさい。疑問は愚問だ。アプリであっても愛してあげたら愛し返してくれるし個性はある」

「そうか。実体はないのに？」

「オレが好きになったらその好きの分だけスミコは生きるのだ。オレの心のなかで」

「心のなかで……生きてるんだ。そっか」

おうむ返しの言葉の後ろに、声に出さない「アプリだけど」がのっかっているのかもしれないが、ここは無視だ。

ぐっと堪《た》えていたら——達樹がしみじみと言った。

「消えないでずっと生きてるなら、いいな」

存外、素直な言い方だったので、ヒナは「うん」とうなずいてしまった。

そうして達樹はスミコの体重や足のサイズや足の長さ、歩きだすときに左右どちらから足を出すかなどの「そんなこと聞く!?」という質問を次々とくりだし「知るかそんなこと。なんでそんなこと聞くんだ。おまえ変態かっ」とキレたヒナに「ショードッグってそういうことも関係するんじゃないのかと。歩くときに前足と後ろ足をバラバラに出したら失格だとかあった気がしたから」とおろおろと答え、今度はヒナが「そうなのか。そうなのか!?　知らないまま金賞に至ってしまったが、どうだったのかな」とおたついたのだった。

そうやっているうちにヒナのマンションに辿《たど》りついた。

マンション前に立つと、さすがにヒナの頬は強《こわ》ばってしまう。

なにせ空き巣はまだ捕まっていないのだ。近所を徘徊している可能性もある。

遠い親族に嫌われていて、邪魔もの扱いで、かつ自分はそこそこ金持ち。まさか親族の誰かが犯人じゃないよな、なんていう暗い推理が頭を過《よ》ぎったのは事実だ。ヒナを亡き者にして遺産を相続するとか。

たまたま留守だったから空き巣で、もしヒナがいたら、なにかの行動があったのかもしれない。ヒナが怪我をしたかもしれない。

と、考えてしまう——自分自身が嫌だった。

根っこのところで親族のことを嫌っているから、こういう想像ができるのだろう。そういう妄想をする自分が、汚いような気がしていた。

「俺、部屋の前で待ってようか。荒れたままだっていうなら、室内まで付いていくのは嫌だったりするかな」

達樹がくいっとメガネを押し上げて言う。

「別に来てもいいよ。というか来いよ。まだ空き巣が捕まってないんだから怖いだろ。可愛いオレが大変な目に遭ったらどうするんだ」

「可愛いヒナは俺より背も高いし運動神経もいいから大丈夫だろうという気が」

「なんならオレのパンツも見ていいからっ」

ヒナは達樹の腕を引っ張った。

「だからパンツは興味がないって言ってるだろ……。犬のスミコちゃんのことはまだしも興味が出てきたけれど」

「まあね。スミコは可愛いからな」

ふふんっと威張って応じる。

声が大きくなっていた自覚はあった。賑《にぎ》やかにマンション一階エレベーター前で言い合っていたら、ふいに手前の管理人室のドアが開いた。

「どうしたんですか？」

雇われているマンションの管理人だった。

「あー、管理人さん。すみません。うるさかったですか」

「……ああ。ちょっとね。困るんだよね。そういうの。空き巣とか、怖いとかさ。また空き巣がくるかもみたいなことを大声で言われても。ここに住んでる人、他にもたくさんいるわけだし」

「はあ？　それはわかるけどオレが被害者なんですよ。怖がってもいいですよね」

理不尽な物言いだと思った。

「いやいや、それはわかるよ。伊綱《いづな》さんが悪いわけじゃないし、あんた被害者だから、強く言うつもりないんだけどさ。昨日今日と警察が来たりして騒がしくしてたから──うちの賃貸の評判が落ちると困るんだよ。防犯に不安だから引っ越したいって、すでに一軒、言いにきてて」

達樹は管理人を凝視して固まっている。

「一度来てなにも取らずにいなくなったんだから、二度めは来ないし、伊綱さんも空き巣のことは忘れたら？」

忘れたらって……そんなことできるか。むっとして睨《にら》み返したら、管理人はおどおどとして顔をそむけた。

「ま……うるさくしないで部屋にいってくれたらそれでいいから。あんまり騒がないで欲しいってことだから。じゃ」

そそくさと早口で告げ、パタリとまた管理人室のドアが閉じた。


部屋にいった。

達樹はヒナに背中を向けてヒナの着替え選定を待ってくれた。

荒れた部屋はそのままだった。現場検証が終わるまで状態を保持してくれと言われ——もう片付けていいよと許可が出たのは『まちびこ』に向かう直前だった。これから少しずつ整理していくしかないが、今夜のヒナは手をつける元気もない。

達樹は管理人に叱られてからずっと押し黙っている。

達樹は、怒られると傷ついて引っ込んでしまうタイプなのかなと放っておいた。

言い返して騒いだのは、達樹にとっては居心地の悪いことだったかもしれない。申し訳なかったなとチラッと思う。

「ありがとう。持ってくもの全部鞄《かばん》につめたよ」

着替えを手にしたヒナが達樹に声をかける。

ずっと押し黙ってうつむいていた達樹が顔を上げた。

あれ、と思ったのは――表情がしゃっきりとして引き締まっていたから。顎《あご》を引いて、まっすぐに挑《いど》むようにしてこちらを見ている。

目が合った。

背中が一瞬、ざわっとした。

ああ、そうだったと、思いだす。初見で「なんだか人を見下すようなメガネ」と感じたのは、整った顔とメガネと共に、ヒナを見るときの目にぐいっと迫ってくる力があったからだった。

その視線はすぐに狼狽《うろた》えて、弱気なものへと変じてしまったのだけれど。

――最初の一瞥《いちべつ》は、けっこう鋭い目つきしてんだよなあ、こいつ。

きんきんに冷えた氷の刃を皮膚に押しつけられたみたいなヒヤッとした感覚があっ

た。

痛くて、冷たくて――そしてすぐにその刃は溶けて消えていく。

砕けて、霧散する。

「ヒナ、俺、犯人わかったよ。あの人だ。さっき下で会った管理人さん」

「え？」

ものすごい爆弾をぽいっと投げ渡し、達樹の目がゆっくりと瞬《また》いた。

「管理人だから鍵を持っているけど鍵を使って入るとすぐに犯人限定されるのでベランダから侵入したと見せかける細工をした。目撃した人はいなかったんだよな？　窓硝子が割れたときに居住者が全員不在で誰もその音も聞いていなかった。管理人さんも聞いてないって言ったのかな。ベランダの靴跡は誤算だったんじゃないかな。まさか埃が積もってるせいでしっかり靴跡がつくなんて想定外ってところ。だから警察に伝えて、管理人さんの靴の跡と照らし合わせてもらうといいと思う。靴跡ちゃんと取ってもらっててよかったよね。今日以降だったら雨で流れて、消えちゃったかも」

いままでとは打って変わって流暢にしゃべる。

「……は？　だけど盗まれたものはなんにもないんだよ。なんで？　管理人さんが、わざわざ?」

ヒナは驚いて聞き返した。

「すべては誤算だったんだ。ヒナ、このマンションにも友だちたくさん呼んできたんだよな。いままで。人付き合い多いし、人気者だし」

「え……あ、まあね」

「それで、バーチャルペットにお金をかけていてコンテストで受賞して、売買したら高値で売れるくらいまで育ててあげたお話――このマンションのエントランスでも話しながら歩いてきたりしてたんだろう?」

「……うん。まあ」

「声が聞こえてたはずだよ。で……管理人さんはそれを誤解したんだ。ペット飼育不可の賃貸で、こっそりヒナがペットを飼っているって。しかも高級な犬らしい。受賞もしているものらしい。それを盗んで、売ってしまっても、賃貸の規約違反をして飼育しているヒナにはなんの文句も言えないって思ったんじゃないかな」

「……そんなの……アリ?」

「規約違反でペットの飼育をしていたことが発覚したら引っ越ししなくちゃならない

し……昔からずっとここの契約は親戚がしていたんだろう？　高校生のひとり暮らしで、しかも何年も前から住まないままで賃貸契約していたってなると、どういう事情かわからなくても、なんらかの複雑な事情が裏にあるのはわかる。だからこそ、ペットがいなくなっても、なんなら警察沙汰にもしないで泣き寝入りして終わるんじゃないかなくらいの気持ちで侵入して……でも本当に最初から、ペットなんていなかった」

「いないよ。だって――」

「バーチャルペットだから。でも管理人さんにとっては、世の中に、バーチャルペットという架空の電脳世界の存在にリアルマネーをつぎ込んで愛でている存在がいるなんて想像の及ばないことだったんじゃないかな。いまだ理解してないと思う。世代的にも。だからヒナに対しては『なんだか、してやられた』みたいに思ってるんだと思う。さっき俺たちに対して必要以上につっかかってきたのも、そういう心理の表れだよ」

「メガネ……なにそれ名推理。マジで？」

ヒナは目を丸くした。ポカンとしてそう言った。

「あ……たぶん……だけどね。でも当たってると思うから、警察に足跡については話してみて。間違ってたとしてもその……困るようなことはないよな？」

「困る……ことはない。うん。もしかしたらってことで警察の人に連絡してみるわ。当たったら、すごいな」

「まあ……あの、その……気が向いたらでいいので。ただ空き巣はよくないことだし、犯人が見つかるといいと思っただけで」

なんだったんだろうと思うまもなく、達樹の表情はいつもの目が合うと挙動不審になる草食系へと戻ってしまった。

空中斜めをうろうろと困った顔で眺めて、

「とにかく、着替え持ったんならいこうか」

と――右手右足を同時に出してぎくしゃくと歩きだしたので、笑ってしまった。名推理をしてみせたあとで緊張が高まり、イケメン電池の充電切れか。

本当、おもしろい奴だなあ……。

4

達樹《たつき》がどたばたとアルバイトをしだして早一ヶ月――。

白木蓮《はくもくれん》が散ってしまって、季節は忍び足で初夏へと向かう。

札幌《さつぽろ》の春から夏への変わり目はいつもなんだか曖昧で――木蓮と桜が咲いて、散って、ライラックまつりがはじまってあちこちが華やいで、次はなにが咲くのかなと待っているあいだに、ある日突然、風の温度が変わるのだ。

空気の肌触りと匂いが初夏を告げる。

そうするともうYOSAKOIソーラン祭りの時期になる。大通《おおどおり》公園はもちろん、札幌市内のあちこちに大きな太鼓を載せたトラックが走り、揃いの衣装を着たYOSAKOIのチームが道や舞台で踊るのだ。

札幌はよく考えると、どの時期もなにかしらお祭り騒ぎの楽しい都市なのかもしれない。

昼は学校。夜と日祝日はアルバイト。

という生活をこなしているうちに、気づいたら達樹は学校生活になじんでいた。

浮ついていた足もとがすとんと床に落ちついて、グループも決定し、かつグループ間の交流も盛んになり、男子だけではなく女子たちとのあいだにもちらほらと会話が発生しはじめていた。

達樹はヒナと同じグループになった。

正直、絶対に自分とは真逆だと思っていたヒナとこんなふうに頻繁《ひんぱん》に会話ができるようになるとは思ってもみなかった。

あっというまではあっても時間はどんどん過ぎていて——本日はとうとう中間テストの範囲が告げられた。

はじめてのテストだ。

受験を経て、学力的にはみんなだいたい均等だ。なのにこの一年一学期で、トップから最下位まであらためて順位がつけられる。

「メガネ、また推理してくれ。次のテストの山をおもに！」

後ろの座席のヒナが達樹にそう言ってきた。

ヒナは相変わらずいろいろなことを命じてくるし、すぐに怒るが、周囲に対して「メガネすげーんだよ。推理するときメガネのレンズがキラッと光るし、決め台詞《ぜりふ》もある」と吹聴《ふいちょう》している。

ちなみに決め台詞は――ない。

「このメガネの名に懸《か》けてって、スパッと決めてくれ。テストの山を」

「メガネの名に懸けたことないし」

「無銘《むめい》のメガネかよ。名のあるメガネ職人に作ってもらえよ。おまえもう普通のメガネじゃないんだから。ワンランクアップメガネだから」

ヒナの言葉にクラスメイトたちが笑う。ヒナと達樹のまわりに友人たちが集まってくる。

「アップしてないから」

と答えると、

「お……言うようになったな。相変わらずおうむ返しだけど……」

ヒナがニッと笑って立ち上がった。

ヒナの笑顔が達樹をうきうきとさせる。最近、あまり喧嘩《けんか》っぽくならないで話せるようになっている。なにが変わったのか自分ではわからないのだけれど。

「ヒナは……山をはらなくてもいいんじゃないのか」

少し考えてから達樹はそう言った。

授業で当てられて困っているところを見たことがない。成績優秀。スポーツ万能。非の打ち所がなく、しかも明るい。

「オレは困らない。でも、こいつらのために頼むよ」

「こいつら？」

「おまえの名推理が人を救う瞬間をみんなが待ちわびている」

ヒナの真顔に、周囲の男子たちがこくこくとうなずいている。ヒナのグループの一群で、おしゃれで明るくてチャラいけど頭もよさげという――ピラミッド社会における頂点階級で本来なら達樹は畏《おそ》れ多くて会話もしなかっただろう皆さんが――。

達樹がメガネを押し上げておずおずと見回すとみんながこちらを向いている。一瞬だけ視線を合わせてからそっとうつむく。

カチリ、カチリ、カチリ……。

遊んでる。勉強してない。授業中寝ている。

視線を合わせた途端につながってしまった回路が彼らが学業に向き合っていない現状を達樹に伝えた。

「頼むよ～。ヒナこんなんだけど成績よくて、勉強教えてってっていったら『こっからこ こまでみんな暗記しろ』みたいなスパルタで～」

へなへなとひとりが言った。

「スパルタじゃねーし。テスト勉強ってあらためてしなくても授業聞いてたらわかるだろ。理解できなかったときは授業終わったら、即座に、教師に聞きにいけばいいだろ。先生、みんな機嫌よく教えてくれるぞ」

ヒナが言っているのは正論だった。そのためみんなぐうの音も出ない。

これではみんながかわいそうだ……。

「わかった。善処する」

達樹が応じると、みんなが「やったー。期待してっぞ」と達樹の背中や肩をたんたんっと軽く叩いて去っていく。後に残ったのはヒナと達樹である。

「……悪ぃな。なんかさ、頼んでくれって言われたんだわ。でもおまえが嫌なら断ってくれていいんだぞ。断りづらいならオレがピシッと、このぴよぴよの名に懸けてみんなに言ってやっから」

ぼそっとヒナがつぶやいた。

「いや……いいよ別に。みんなの役に立てるなら、俺だって嬉しいし」

「メガネってそういうとこあるよな。誰かだけ特別扱いしなくて、みんなのお役立ちっていう……」

「みんなの？」

と――。

達樹の制服のポケットのなかでスマホが振動する。

なんだろうと手に取って眺《なが》めた。LINEの着信。

hina-PIYOPIYOさんからLINEメッセージが届きました。

――なんで、いま？

そもそもこいつはいったい誰なんだ？　誰のアカウントだったんだ？

毎日が忙しくてしかも楽しくて、だから放置していたけれど――最初に『まちびこ』にいったときに達樹を転ばせた自転車の男の謎はまだ解けていないのだ。

『寂しい。誰も本当のオレのこと見てくれないし、元気でいることに疲れてきちゃった』

『試すみたいに会おうとか言うなよ。オレはおまえと友だちになりたいんだ』

——え!?

とにかくこいつはヒナじゃない。

だってヒナは目の前にいる。iPhoneに触れてもいない。

おそるおそるヒナとスマホとを交互に見る。

視線を二往復させると、ヒナが達樹に「なんだよ」と問いかけ、スマホを覗《のぞ》き込みさくっと手に取った。

「ちょ……ヒナ、ま……」

「LINE？　見るぞ」

「見るな」

「もう遅い。見たぞ」

過去形かっ。

「……なんだこれ」

ヒナが怪訝《けげん》そうにスマホを眺めているあいだに——さらにLINEの着信。ヒナはさっと目を通してから、達樹へとスマホを返してくれた。

『こっちからおまえを試してやる。オレの欲しい言葉を言え。告白の踊り場で会おう』

メッセージにはそう書かれていた。

達樹は五秒くらい画面を凝視し、困惑して言う。

「……告白の踊り場って……どこ?」

「知らないのかよ。うちの学園の伝統の場所。有名だよ。それにしてもこれ、オレじゃないのにオレっぽくて気味悪いIDだな。まさかオレの知らないオレじゃないよな」

「ヒナ……なに言ってんの?」

ヒナが自分のiPhoneをスクールバッグから取りだす。ささっと指を走らせてチェックして大声をあげる。

「やばい……オレの知らないオレかもしれん」

「は？」

「オレのSNSのアカウント、ログインできなくなってる。これ……知らないあいだにオレのハンドルネームみんな『hina-PIYOPIYO』になってる。うわっ、なにこれ。オレが書いた覚えのないことといろいろつぶやいたり、友だち増やしてるし、サングラスの宣伝したりして……なんだこれ。乗っ取り？　メガネともLINEつながってる。なんだよ、メガネはやくオレに言えよ」

「え……だって、これ、ヒナじゃないって最初のときに言われたから」

ヒナが嘘を言っていないことは、斜め上のフキダシを見たらすぐにわかったので、達樹はパスワードを変更してSNS的な対策をして他はスルーしてしまっていた。

「iPhone、ゲーム専用機にしてたからなあ。スミコのことだけ可愛《かわい》がってたら……。ソーシャルのオレの人格が乗っ取られた……うわあっ、かっこ悪《わり》ぃー」

ヒナはそう言って頭を抱えた。

そして――昼休みである。

達樹とヒナは講堂側の裏階段の踊り場に腰かけて話していた。

階段に、表も裏もないようなものだが――ここは通称・裏階段とされている。

皇海《スカイ》学園のコの字型の四階建ての校舎には、階段が四つある。中央と左右にひとつずつ。表階段、東階段、西階段と三つの階段はそれぞれにそう呼ばれていた。

そして裏階段は、東階段と表階段の真ん中にあった。

吹き抜けで天井の高い体育館のすぐ横に、中二階に作られた、柔道用の畳敷きの格技室という部屋がある。その部屋だけが半端な位置のため、別に小さく狭い階段があるのだ。

それが裏階段。

裏階段の最上階の踊り場が「告白の踊り場」なのだそうだ。

達樹は知らないが、ヒナは知っていた。

この裏階段は格技室に用がある生徒以外は行き来しない。

なのでほとんど人通りがない。

「内緒話にも恋の告白にも最適の場だって、生徒たちみんな知る人ぞ知る区画なー。メガネこんなことも知らないのかよー」

ヒナが説明してくれた。

いつしか生徒たちは自動的に裏階段のマナーを作ったのだそうだ。

先に誰かがいるときは、次に来た人は遠慮する。

ただし恋の告白に関してはこの限りではなく、後から来た者がひとりで誰かを呼び出して待っている気配を察したら、先にいた者はすみやかに退場すべしという暗黙のルールが適用されるらしい。

「うん。知らなかった。ヒナはすごいね」

「まあな、アカウントが乗っ取られるくらいソーシャルネットワークは苦手だけど、リアルネットワークは得意だ。……って言っても、なんかかっこ悪いけどな」

ヒナはいつもよりシュンとしている。

ちなみにhina-PIYOPIYOへのLINEに返信は——していない。

ただ、既読のしるしがついたため、達樹がメッセージを読んだことは相手にも伝わっていると思う。

「場所だけ教えてくれればそれでよかったんだけど……ヒナはヒナで、友だちとのつきあいがあるだろうし、時間も指定されてないから昼休みに待ってても来ない可能性高いし……」

達樹は場所だけ聞いて、ヒナのことを撒《ま》こうとしたのだ。でもhina-PIYOPIYOからの呼びだしを見て、自分のアカウントの乗っ取りだとわかったヒナが「オレの責任だからオレがいかないとまずいだろ」と達樹にくっついてきたのである。

「いやー、意外と可愛い女の子が来て、メガネに告白したりすんのかなと思って。それだったら乗っ取られても許す」

「ないって……。あと一人称がオレだったから女性じゃないと思う」

「オレ女かもしんねーだろ。だいたいこれ、メッセージが意味深で匂わせ系だ。こいつメガネのことめっちゃ好きなんだと思う。信頼してんじゃね？」

「え……？」

「誰かはわかんなくても『寂しい』って言う相手としてメガネが選ばれたんだから、メガネも責任取れよ。オレもオレで、オレのアカウント乗っ取って愉快犯みたいなことしてる奴に対して、責任取って喧嘩ふっかけるけど、メガネはちゃんとこいつの話聞いてやれよ」

ヒナの解釈は達樹よりずっと純真なのでは?

返事に困り押し黙っていたら――コツコツと足音がした。

女子生徒がゆっくりと階段を上がってくる。

灰色の階段の上に、階段に座り込む達樹とヒナの影が真っ黒に長くのびている。

影の頭の部分を踏みつけ、女生徒が足を止め達樹たちを見上げた。

ここに人がいるとは思っていなかったのだろう。

達樹たちからはメガネをかけた生真面目《きまじめ》そうな女生徒の顔がよく見える。

達樹たちの背後にある大きな窓から差し込む光がまぶしいのか、女生徒はふたりを見上げレンズの奥の目を細めた。

胸元のエンブレムにあしらわれたローレルの色が赤だから二年生だ。上級生。知り合いではなく、話したことのない相手だから目が合わないようにと達樹はさっと視線を逸《そ》らした。

――ひとり、か。

立ち止まって固まった女生徒に、達樹とヒナは目配せをして立ち上がった。

ひとりでここに来るのは、たぶん恋の告白だ。後から誰かが来るのか。それとも彼女が誰かに呼ばれたか。

あるいは彼女がhina-PIYOPIYOか――？

達樹が見たヒナのそっくりさんではないから、違うとは思うが……。

ヒナが明るい口調で話しかける。

「先輩がうちのメガネを呼んだ人ですか？」

いつのまにか達樹に所有格がついた。うちの……って。

「え？　いえ、私は……人に呼ばれてここに来ただけで。よく知らない人なんですけど……ふたりとも関係ないの……かな？」

「あー、呼んだのはオレたちじゃないです。そいじゃ、遠慮すんね」

これは――気を遣って立ち去るべき案件だ。

ヒナが達樹を見た。達樹は軽くうなずいた。

不躾《ぶしつけ》にならないように女生徒の顔を見ず、ヒナとふたりで降りていく。

女生徒は達樹たちが降下するのに合わせ、すれ違い、ゆっくりと階段をのぼっていく。

行き過ぎる一瞬、彼女はうつむいて髪をはらいのけ耳にかけた。白くて長い綺麗な指が視界のはしっこに引っかかる。

視線は、合わない。

ヒナが一段飛ばしで階段を駆け下りていく。元気だ。

二つのつむじと、跳ねた明るい色の髪が達樹からぴよぴよと遠ざかる。

ヒナが降りたあとでさっとあたりに影が差した。雲が日を覆ったのだろうか。

こんなにここの階段って暗かったっけ？　ざわざわと変な感じがする。

ヒナが陽光のすべてを奪って駆け下りていったかのような気がして、心細くなって
「ヒナ、速いよ」

達樹はヒナの後を追いかけた。

階段を降りて、曲がる。

達樹たちの背後で、コツコツと女生徒の足音がする。規則正しい足音が遠ざかる。

踊り場よりさらに上まで上がっているようだ。格技室に人がいないかを先に確認するつもりなのかもしれない。

その、上っていく足音が——途中で乱れた。

タタタンッ、タンッ。

変な音だなと達樹とヒナは思わず顔を見合わせた。なにかに躓《つまず》いて転んだのかなと思う。でも見にいくのも気まずい。恋の告白で呼び出され、緊張して階段でずっこけるなんて。しかも名前も知らない、先輩の女子生徒。達樹が逆の立場だったら、放置してもらいたいと願うだろう。

だから——そのまま無視して降りようとしたが。

「わっ」

という男性の声がした。

続いて、

「——きゃあっ!!」

と女生徒の悲鳴がした。

さらに、ズダダダダという大きな音が、コンクリの階段に反響し鳴り響く。

——もしかして転んで、落ちた!?

咄嗟《とっさ》に動いたのはヒナだ。

顔を上げ、きびすを返す。ためらいなく階段を駆け上がった。

羽ばたく鳥みたいなスピードでヒナの姿は達樹の側から離れ、視界から消えた。

「大丈夫ですか？　無理に動かないで、そのままで」

ヒナの声がした。

遅れて、達樹も階段を駆け上った。

ヒナが、踊り場に横たわる女生徒の上に屈《かが》み込み、気遣うようにして手を差しだして抱え、

「頭打ったりしたなら保健室にいきましょう」

と優しく言った。

しかしどうしてだろう。女生徒はヒナの手をがしっと摑《つか》んで鬼の形相になった。

「あ……あんたたちが私を呼び出したの？」

さらに彼女はヒナの腕をねじるようにして引き寄せ、立ち上がる。ヒナが「イテテテテ」と声を出す。腕を摑んだままぐるっとヒナの背中に回り込む。ヒナは痛そうに顔をしかめ、

「呼び出したって？　なんで？　オレたちは先輩のこと呼んだりしてないけど」

と慌《あわ》てている。

「すみません。やめてください。なにしてるんですか？」

達樹も急いでヒナと女生徒のあいだに割って入ろうとした。

「なにしてるって――私の顔を見て逃げてった相手を捕まえてるのよ」

「逃げてって……？　なんのことですか？」

達樹が彼女の肩をつかむと、彼女が大声を出した。

「だって呼び出しといて人の顔見て『わっ』って失礼すぎませんか？　私だってちょっと期待したんだから。突然、上から出てくるからびっくりして転んじゃったし、それ見て逃げるってひどすぎるじゃないですかっ」

普段は人が来ない裏階段とはいえ、日中の学校校舎の一角だ。ここまで大きな物音や悲鳴が響けば、聞きつけた人がやって来る。

ばたばたと数人の足音がして「どうした？」「なんかあった？」と心配をしての救援だったり、野次馬だったりの生徒たちが走り寄ってくる。

最初に近づいてきた男子生徒たちに、ヒナをがちっと捕まえたまま、女子生徒が言った。

「告白の踊り場に呼びだしといて逃げた下級生を捕まえたんです。からかわれたんならおきゅうをすえたい。顔がよければなんでも許されるってわけじゃないですよ」

女子生徒のまなざしは、一直線に、ヒナへと向けられていた。


野次馬の集団のトップバッターたちが、ヒナの知り合いなのは納得できた。常におもしろそうなことに興味を抱いてあちこち走りまわっていて、教室に閉じこもっていない派の知り合いがヒナには多い。

そんなわけで達樹とヒナは、集まってきた野次馬たちの助けも借りて、階段から落とされた女子生徒を宥《なだ》め、拝み倒して、保健室へと場所を移動したのだった。

わかっていたことだがヒナのこういうときの動きは素早く「オレは逃げてないから、ちゃんと話聞く。でも、いまはまず怪我《けが》してないか保健室か病院かどっちかいこう。先輩の顔や身体《からだ》に傷ついたらオレが嫌だから」と、イケメン顔でぴしゃっと告げて、ぐいぐい引っ張っていったのだった。

保健医の見立てでは骨折や捻挫もしておらず、なんともないらしい。

ただ転んだときに強く打って、足の一部に打撲の痣《あざ》ができている。

椅子に座っている女子生徒の名前は——美枝知子《みえだともこ》。

「そもそもどうして美枝先輩、裏階段にいったんですか？」

達樹が聞いた。

「それは……LINEで知らないアカウントにいろいろと言われて。突然、友だち申請が来たんですよね。で、昼休みに裏階段にひとりで来いって。そしたらあなたたちふたりが待ってたんだよ」

達樹の目と彼女の目が合った。カチリ。

彼女の肩先に浮かぶフキダシの過去履歴——『hina-PIYOPIYOに呼び出された』。

——つまりこれは嘘じゃない。

保健医が困惑したように美枝に尋ねた。

「で、美枝さんは伊綱《いづな》くんに告白されそこなって、逃げられたから、怒ってるの？どういう状況で階段から落ちたわけ？」

保健医の問いに、美枝もまた「ううん」と困惑顔になる。

「……呼ばれて裏階段にいって、待ってたら、突然、現れた子はこの顔でした」

ヒナの顔を見つめ、断言する。「でも」と続けて首を傾げる。

「どこから出てきたのかわかんないんだよね。LINEメッセージ来たからそれ見ようとしてスマホを手に持って……そうしたら、いきなりふわっと目の前にその子がいたの。びっくりして転んだ私を見て『わっ』って言って相手が逃げたんですよ。追いかけようとして、私また転んで——それで階段落ちちゃった……」

「美枝さんよく転ぶからねえ。しっかりしてるように見えてドジっ子で、保健室の常連さんなのよ」

保健医がヒナと達樹に説明してくれた。

「ただ、さっきは階段落ちで恥ずかしいやらなにやらでかっとなって捕まえちゃったけど……よく考えたらおかしいですよね。私がこのふたりとその直前に一回階段ですれ違ったのも事実なんです。降りていった人が、私と再交差することなく、上の踊り場で私のこと待ってて出てくるのはあり得ない。もしかして双子だったりは……？」

「オレは双子じゃないと思う。たぶん。親の顔も知らないくらいだから兄弟いてもわからないし断定はできないけど。でも、先生たちはオレと同じ顔の生徒、この学園で見たことないですよね？」

ヒナが考え込むようにしてそう言った。

「ないわね」

保健医が答える。ヒナは顔が広い。保健医も顔なじみらしい。

「本当にこの顔でしたか？　オレの顔よーく見て」

ヒナがぐっと顔を突き出した。

「そうやって言われるとだんだん自信なくなってきた。でもそっくりだった。くりっとした二重の目で、鼻もすっとして高くて、芸能人みたいな顔だなーって思って見てたから――もうっ、すごく素敵な子に告白されるのかとときめいたのにっ。私のときめきを返して」

美枝のメガネの奥の目が真剣である。

「わかった。ときめきならオレがあげる。オレにときめいて！　似た顔だったらオレのほうがいいに決まってる。オレは女の子が階段から転んで落ちたのを見捨てて逃げたりしない」

ヒナが自信満々でそう応じ、美枝は複雑な表情を浮かべる。

「……ごめん。ないわ」

「え？」

「うん。あなたじゃなかった。もっと初々しくて可愛い下級生だった。……私が来たのを見て驚いたり、逃げたりしたのも、恥ずかしがってたのかも。あなたのそういう開き直りっていうか、自分の顔がいいこと自覚してる態度は、ちょっと……好みじゃない。ごめんなさい」

ヒナが傷ついた顔をした。

美枝がさらに続ける。

「こうして見ると、私の見た人と顔は似てるけど雰囲気が違う。だってくれたメッセージも『寂しいんだ。話を聞いてくれる？』って……可愛い感じのやつだったし……ドヤってなかったもん」

「なにそれ」

ヒナが呆気《あっけ》に取られたように言う。

続けて「アカウント乗っ取られたオレ、いま最低のかっこ悪さなのにドヤってるって言われた……」と愕然とする。

しかしすぐに気を取り直したのか、腕組みをしてきりっと達樹のほうを見る。

これはヒナが達樹になにかを命じるパターンだ。

そう思って達樹が身構えたのとほぼ同時に――。

「メガネ、オレのアカウントを乗っ取ったオレと似た顔の、オレよりもっと初々しくてやたら寂しがる男を見つけだしてくれ。決め台詞つきでそのメガネの名に懸けて逮捕だ！」

「無茶ぶりだってば」

達樹はそう言って嘆息し、メガネのブリッジを押し上げた。

＊

放課後になった。

達樹は、いつも通りに『まちびこ』にアルバイトに向かう。

まず子ども食堂のお客さんである子どもたちが達樹の周囲に「メガネ、ちーっす」と集《つど》う。そして前にヒナに手当てをされた小学生が、そわそわとした感じで達樹の背後を見て、

「ヒナくんは？　今日は一緒じゃないの？」

と聞いてきた。

カチリ。

目が合って、達樹は、彼のその後の経過を自動的に知ることになる。彼の日々はいまはもう普通に平穏だ。ヒナに言われた言葉がきっかけになり、まわりの大人に相談したら彼は助力を得られたのだ。

彼の背中を傷つけていた父親は遠ざけられ、いまは母とふたり暮らし。そして平穏で幸福。

——よかった。

「ヒナ、なんか大忙しなんだ。iPhone の契約してる会社にいって見直したり、放置していたソーシャルのアカウントの復旧しなくちゃならないしで」

契約会社のショップにいったら「なにをするにも一時間待ち」と言われ、うなだれて「今日はさすがに『まちびこ』にいけねーわ。こういうのに詳しい友人のところにいって相談したりしてくる」と力なく手を振り、そこで別れたのである。

小学生は「そっかー」と言って、友人たちのもとに戻っていった。

その小さな背中を見て、達樹はなんとも言えない気持ちになった。

たったひと言「助けて」と訴えたそれが、彼を幸福へと導いたらしい。

――ほんの少し足を踏みだすだけで、変わることってあるんだな。

いい方向に転がっていく最初の一押し……。

達樹はメガネを押し上げて、心の底でその子どもがこれからも幸せでありますようにと願う。その幸せを自分も見守ろうとも思う。

――だって俺にはその能力があるんだもんな……。


そしてその日は、忙《せわ》しなく働きながら、達樹は、ヒナのアカウントの乗っ取りについて考えていた。

自転車に乗っていたヒナにそっくりな男の正体は、不明のままだ。達樹が見たときは、学園の制服を着ていたけれど保健医はヒナに似た生徒はいないと言った。それに達樹も、全校集会のときなどは気にかけて見るようにしていた時期もあるのに、ヒナに似た生徒は見つけられなかった。

――あの自転車は『まちびこ』に停められてたんだよな。

店内にはヒナしかいなかったけれど……。

人じゃないものもたまに客として紛《まぎ》れている『まちびこ』なのだ。

——ヒナのそっくりさんって、実は妖怪だったりしないのか？

思い返してみれば、町彦《まちひこ》は最初のときに『マチビコたちも路頭に迷うし、最近うちに来るようになった現代妖怪の〝幽霊アカウントのツクモガミ〟や〝風の目小僧〟の皆さんなんかも困るから』というようなことを言っていたような。

マチビコ以外の現代妖怪については意識したことはなかった。

でももしかしてLINEメッセージを寄越《よこ》すような妖怪がいる可能性は？

それに——達樹は自分を転ばせた自転車に乗っていた〝ヒナ〟と、目を合わせていると思うのだ。

逆光で顔が見えなかったけれど、視線は交差した。

やけに光っていた、暗闇のなかの獣みたいなあの目。

その際に、達樹の視覚は相手の過去記録を捉《とら》えなかったのだ。

なにも見えなかった。

つまり——あの〝ヒナ〟は、人ではない。

町彦やアメたちと同じ、人以外のなにかだ。

客たちが引けてしまってから、達樹は、町彦にその日の詳細を語った。

いままでに起きた謎のアカウントのこと。最初に店に来たときの詳細も含めて、なにもかもをだ。

「――という、こういうことができる現代妖怪って心当たりありますか？」

おそるおそる聞いてみる。

町彦はいくつかの質問を達樹にしてから、おもむろに口を開いて告げた。

「もしかしたら〝幽霊アカウントのツクモガミ〟かな」

達樹は「うわあ」と我知らず気抜けた声をあげてしまった。

やっぱりあれは――妖怪だったのか。

自分のまわりにはこんなに、正体不明のあやかしがいっぱいいるのか……。

「ツクモガミっていうのは、古い物や大事にしている物に魂《たましい》が入って神様になる。もともとは〝物質〟に宿るものだったのに、最近は、ＳＮＳで作ったはいいけど放置してるアカウントにも魂が宿ってツクモガミになるんだ。電脳の仮想空間は、妖怪や神様にとっては実は居心地がいいし、霊みたいなものが通じやすい」

ログインすることすらなくなって、消すでもなくただ置いているアカウントは、放置されているからこそ勝手に人の言葉や気持ちを学び出す。

SNSでは、放置アカウントにも、たくさんの人がいろんな言葉を投げかけるから学習するのだ。

一方、そのわりに自分を作りだしたはずの本物の持ち主はそのアカウントに見向きもしない。

「だから――ひどく寂しがる。寂しくなった幽霊アカウントのツクモガミは、他のアカウントを攻撃しはじめたり、根も葉もない噂を流そうとしたりするし――電脳空間だけでじゃなく、実体化して動きだすとさらに厄介なんだよ」

町彦の説明に達樹は呆然とした。

「ああ……攻撃的な人たまにいますよねって……えええー？」

SNSにおける攻撃的アカウントのトラブルってもしかして、まれに放置アカウントに宿ったツクモガミが巻き起こしているのか？

現代妖怪、闇落ちしすぎなのでは……。

「達樹くんの説明だと、そのツクモガミは春にはすでに実体化してたってことだよね。で、いまは手当たり次第にＳＮＳで人を誘って、出会い頭《がしら》に突き飛ばして転倒させている」

それは厄介だなと町彦が唸《うな》った。

「じゃあもしあれがただの乗っ取りじゃなくて、ヒナのアカウントのツクモガミだった場合、早く捕まえて対処しないとだめってことですよね。どうしたら捕まえられるんですか？」

「だいたいアカウントに宿るツクモガミの人格は、本体に似ているし、実体化のきっかけは、本体を守るとか、本体の願いを叶えるためなんだよね。ヒナくんの望みってなにかなあ」

――ヒナの望み？

達樹は首を傾《かし》げた。

ヒナはいったいなにを望んでいるのだろう……。

達樹は町彦の目の前でスマホを出し、

「これ、連絡とってみてもいいですか。もしかして返事が来たら、それを読んで町彦さんがわかることを俺に教えてくれませんか」

と頼んだ。

そして『きみはツクモガミ？』とメッセージを送ってみたのだ。

が——既読スルー。

いつまで待っても返事は来なかった。

ツクモガミであろうと業者であろうと無視されるのには傷ついた……。

5

「ヒナっていう後輩の男の子がさ、うちらの学年の女の子と揉《も》めたって噂聞いた？」

人がたくさんいる場所にはいつだって揉め事が起きる。大人たちの世界でも子どもたちの世界でも同じこと。

「知らない。ヒナくんって、一年の可愛《かわい》い子だよね。顔がいいし、人なつこいし、目立ってるから名前覚えてるわー。揉めたってのは、恋愛関係のもつれかな。やるなーヒナくん。どこ情報？」

中島公園の側のカフェ。皇海《スカイ》学園の制服を着た高校生の女の子がふたり、学校帰りの寄り道でアイスオレンジティーのストローを咥《くわ》えながら、話している。

ふたりともに片手にスマホでＳＮＳを眺《なが》めている。イイネとか好きとかＲＴ《リツイート》とか。クリックして返信してまわる相手先が多いから、しょっちゅうスマホをチェックしないとならないのだ。

「裏掲示板」

「は？　うちらの学校にも裏掲示板てあるんだ？」

イイネの手を止めて、怪訝《けげん》に相手を見返す。

裏掲示板とは、ｗｅｂ上にこっそり学校別に作られた生徒たちの噂のたまり場みたいなものだ。裏、とされるくらいだから秘密裏のもので、あまりいい噂は書き込まれない。一時期はいろいろな学校の裏掲示板が流行《はや》っていたらしいが、イジメのニュースで摘発されて消去されていったと聞いている。

「うん。うちの学校、暢気《のんき》と自由が校風でしょ。ブームが来たときにいちはやく裏掲示板を誰かが作って、作ったけどみんな暢気で自由で気まぐれだから維持しないし、書き込みもしないしで、放置されてたんだって」

裏掲示板というネーミングそのものがダサいし、面倒だし、なによりネットだと詳しい人に足跡を辿《たど》られるし、情報流出が怖いから――もうみんな直《じか》に会って話すことが主流になりつつあった。

LINEの会話がリークされて週刊誌ですっぱ抜かれた芸能人のことが少し前に話題になっていたけれど――一般人である彼女たちも、もうあのニュースの時期にはすでに「秘密や内緒の相談は、直に会ってすること」が主流になりつつあったのだ。会ってする会話は顔が見えるし、なにより録音しない限り痕跡は残らない。ＳＮＳは、うっかりが怖い。さらされて炎上とか、冗談じゃない。

　実際に会うのが、結局は一番。思春期にはすでに電脳世界が当たり前にあった彼女たちにとっては、それが当然の常識であった。

「なのに突然、この春から書き込みが増えて、そんなかにヒナくんの揉め事が書いてあったっぽい。ただ、それ書かれてたあと数日で裏掲示板まるごとなくなっちゃったから、内容確認とれる人いないんだって。でもログ残してた人はいるっぽい」

「へー。で、コイバナ？」

「ううん。愉快犯？　お堅い地味めの風紀委員の子をさ『告白の踊り場』に呼び出して、さらしものにして、階段から突き落としたんだって」

「うっわー。最低……」

「ヒナくんって、聞いた話だと家庭環境に問題ありらしいよ～。中学んときもふらふら遊びまわってて、目立つからモテてるのいいことに、女の子からかって引っ搔《か》き回してたとかさ。調子よくて愛想いいぶん、裏の顔が怖いってみんな不気味がってたらしい」

「最悪っ。顔がいいけど中身がゲスいってもう最悪だ」

「ねー」


この噂には、根と葉があった。

部分部分は事実なのだ。そこに、ところどころ混じる人の妄想と印象がブレンドされ、みんなが納得できる噂ができあがった。

百パーセント明るくて善であるものなどないと、人はみな心の底でそう思っている。調子がよくて愛想がよくて要領がいいヒナのことを「だから、胡散臭《うさんくさ》い」と疎《うと》ましく感じてしまうのもまた、人の本性だった。

ひそひそとささやかれる話は、ゆらゆらと皇海学園の人の口にのぼり「そういえば、昔、ヒナはさ」と、過去話の尾ひれをつけて泳ぎだす。ヒナがいままで口にした裏表のない言葉が「ひとり暮らしで」「金だけはあって」「チャラいけど、薄暗いとこあるよな」「自分だけよければいいみたいなとこあったな」とゴージャスな尾ひれや背びれに変化していった。

＊

ヒナと先輩の噂が学校内を駆け巡るのに三日もかからなかった。

そうして少しずつ空気が変わっていく。

きな臭い話が降って湧いたからといって、人は皆、潮が引いたように一気にヒナのまわりから消えたりはしない。

ただ少しずつ——本当に少しずつ——みんなは静かにヒナを遠巻きにしはじめる。

いままで近かったヒナとみんなの距離が、ほんの少しだけ遠のいた。

もしかしたら数ミクロンくらい。

でもずいぶんと距離を感じる数ミクロンの薄氷が、ヒナの周辺に張り巡らされていった。

昼休み——達樹《たつき》は教室の自分の机に背筋をのばして座っている。

気づけばヒナはするっと教室内からいなくなっていた。

——悪い噂は幽霊アカウントのツクモガミが悪霊化して流したものだし、先輩を階段から落としたのもたぶんそいつだし。

と、言いたいけれど——言えない。

言ったところで誰が信じてくれるというのか。

ヒナ本人にも言えないいし、言ったら達樹の正気が疑われる自信がある。

おかげでヒナともぎくしゃくしている。ヒナのことを思うあまりに、ヒナを直視できなくなるという達樹らしいぐだぐだっぷりを発揮している。

どうしたらいいのかとため息を押しだし、達樹はパンパンに膨《ふく》れたスクールバッグから弁当を取り出す。最近、弁当を自分で作るようになった。料理の練習をしたくなったからだ。家族みんなの分を請《う》け負《お》って、予算内の買い物も自主的にやるようになった。

焦《こ》げ目《め》のつきすぎた卵焼きや、破裂したソーセージがたまに入るが、家族は誰も文句を言わない。

「テスト勉強どうする？　うちのクラスみんなで集まるっつーとヒナんちだったけど、

あいつんち空き巣あったっていうし、不用心だから、親が遊びにいくんじゃないって言ってさ」

「あー。それ、うちも言われた。さすがに新聞記事にちっちゃくても出ちゃうとさ」

クラスメイトの男子が達樹の近くでパンを囓《かじ》りながら話している。

ヒナは被害者であって加害者ではないのに、敬遠されている。

この間まではちょっとした英雄扱いだったのに。空き巣にあったことを面白可笑《おか》しく話しているヒナっておもしろい奴っていう扱いだったのに。

理不尽だなと、達樹の眉間《みけん》がわずかに曇る。

こほんと小さく咳払いしてから、メガネを押し上げる。

話していたふたり組が達樹のほうを見た。

目が合いそうになって、つい癖《くせ》でさっと目を逸《そ》らしてしまった。

でも――達樹は、勇気を出して言葉をくみ上げる。ここで喉《のど》をつまらせてしまっては、陰キャで爬虫類なメガネに戻ってしまうぞと自分に言い聞かせる。

というか――自分が過去に戻りたくないわけじゃなくて。

ヒナを、もとの人気者に戻したいのだ。

だってヒナはいい奴なんだ。達樹は心の底からそう思っているんだ。あんなに裏表がない奴はいないし、言葉に頼らずなんでも行動してしまえる勇気はすごいし、それをみんなだってわかっていたから——明るくてキラキラしたヒナに惹《ひ》かれたんじゃないのか？

「不用心ではないと思うよ。もう空き巣は捕まったし……統計的にいっても……そんなに何度も同じ家に空き巣はこないので、二度目はない……から。たぶん」

「まあメガネは名探偵だからそう言うけど」

「……名探偵では……ない。それは、違う」

相手は軽く肩をすくめ、言った。

「それにヒナは人に勉強教えるの向いてないし、なんかちょっとさあ」

なんかちょっと……という言葉にさまざまなものが込められている。なんかちょっといつもえらそうだし。なんかちょっと最近いい噂聞かないし。なんかちょっと……なんかちょっと……。

悪口のつもりは一切ないのだ。だから彼らは普通に、人に聞こえるように話している。

「ヒナは、いい奴だよ。変な噂が流れてるの聞いたけど、あれはヒナじゃないから」

気づけば達樹はそう断言していた。

クラスメイトたちはばつが悪そうな顔をして視線を逸らした。なにかをもごもごと言いながら達樹から遠ざかっていった。

裏階段での出来事が彎曲《わんきょく》して広まっている。

それに関しては聞いた端から達樹はいまみたいに訂正をしてまわっている。

けれど、こんなのは焼け石に水だ。達樹ががんばっても噂の勢いは止まらないのだ。

ヒナのまわりから人の好意が少しずつ消えていくのを目《ま》の当たりにし、達樹の胃のあたりがぎゅうっと引き絞られる。自分のことより、つらい。

達樹は弁当を食べ終え、弁当箱を袋に入れてスクールバッグに仕舞う。

——せめて早くツクモガミを捕まえることくらいはしないと。

だけど、LINEが唯一の連絡手段のツクモガミにメッセージを送っても既読スルーされてしまったのだ。

再び嘆息し、達樹は、立ち上がる。

スマホを手に、達樹の足は自然と裏階段へと向かっていた。

ラストに来たメッセージは――『こっちからおまえを試してやる。オレの欲しい言葉を言え。告白の踊り場で会おう』。

知らないあいだに達樹はツクモガミに試され、そのうえで弾《はじ》かれたのかもしれない。突き落とした女生徒を一番先に走っていって助けたのが達樹ではなくヒナだったのがいけないのか？　達樹はあの場でも、なにもできなかった。即座に行動し、彼女のためになったのはヒナだった。

スマホを握りしめ、裏階段に辿りついた。

コツコツと足音をさせて階段をのぼる。

『アカウントに宿るツクモガミの人格は、本体に似ているし、実体化のきっかけは、本体を守るとか、本体の願いを叶えるためなんだよね。ヒナくんの望みってなにかなあ』

町彦《まちひこ》が言っていた。

ヒナのためになることってなんだろう。

実体化のきっかけは、なにから守るためだったのか。

ヒナの望みはなんだったのか。

と――。

裏階段の告白の場所に、先客がいた。

踊り場のてっぺんに座り、こちらを見下ろしている。

背負った窓から日が差して、顔も手足も真っ黒な人影は――ヒナだ。

「ヒナ……だよね」

でもツクモガミのほう？

試すために力チリと合わせた視線の端で、ヒナの過去履歴のフキダシが浮き上がる。

これが出るなら、相手は人だ。

ほっとした達樹の息は、けれど次の瞬間「う」っと詰まる。

『寂しい』

フキダシのなかに、ことりと落ちた言葉はひとつだけだった。ヒナの肩越しで光る文字の少なさが、長文の履歴よりずっと悲しく見えた。

「オレだけど、なに？　メガネまた誰かに呼ばれたんじゃないだろうな。おまえはオレと違ってヒヨヒヨしてんだから、ひとりで危ないことすんな」

寂しいというひと言をかき消すみたいに、ヒナの口調は乱雑で、明るい。いつも通りのヒナだ。

「ヒヨヒヨ？」

「オレはぴよぴよ。メガネはヒヨヒヨ」

達樹は踊り場まで上り、ヒナの隣にそっと座った。たとえば『まちびこ』の長机で並ぶ子どもたちがくっつきあっているときみたいに、相手の体温がくすぐったくなって笑うような――そんな気持ちで寄り添えたらいいなと願いながら。

「ヒナ、なんでここにいるの？」

「また〝初々しいオレ〟がここに誰かを呼び出して、それで誰かが転んで落ちたりしたら危ないだろ。だから見張ってる。それにこれはオレの事件だから……」

「ひとりなの？　いつもの友だちは？」

「面倒な感じになってるし巻き込むの嫌だから、離れた。嫌われる人間の側にいると流れ弾《だま》でまわりまで嫌われるからさ。オレ、チャラいだろ？　それでも真っ当にやってるからぎりぎりセーフだったわけ。ただし、背景がわりとヘビーだからさ、区別されんだよ。差別までいかなくて、区別なー。ちょっとでもなんかで反発くるようになったらすぐに信頼なんて崩れる。オレとつきあってるっていうだけでオレの好きな連中の評判まで一緒に落ちるの、嫌だろ？」

一気に、それでいて低体温でそっけない感じでヒナが言う。こういうのは慣れっこだよという言い方だ。

「そういうわけだから――メガネの名探偵ぶりには期待してる。オレに似てる誰かをメガネが見つけてくれたら嬉しい。見つかったら言ってくれよ。そしたらオレはそいつと話しあって……その後はどうかなあ」

考え込みながらヒナが続ける。

「それでも状況が変わらないときは、ちゃんと空気読んで、オレと距離置けよメガネ」

「え……？」

距離を置けよ――なんて、言うんだ？

ジャイアンの癖にそういう遠慮をするんだよなヒナはと思う。

胸がちくっと痛む。

「……ってもメガネは空気なんて読まないでも、クールにいつも通りにしてたらオレとは話さないから別にいいかー。おまえなんてハゲてしまえばいいのに。でもさ、おまえのノート読みやすいって好評だったから、引き続き、みんなにテストの山はってやって」

「あ……うん」

間違った。うなずくべき話題ではないのに、うなずいてしまった。

そうしたら、ヒナがちらっと達樹を見て、寂しい顔をして、笑った。

達樹の知らないヒナの顔だ。

「違っ……あのさ、うんって言ったのは……テストの山をはること。ハゲたくないし……いや、そうじゃない。ハゲてもいいけど……話さなくなんてなくて……空気は読めない……でも」

「そーゆーことで。じゃ」

立ち上がったヒナの顔が暗く陰っている。目も合わさないで、達樹から視線を逸らす。拗《す》ねたように、ふてくされたように小さく刻まれた微苦笑は、高校生が浮かべるには不似合いなものだった。

もっとずっと大人で、たくさんの人生を見てきて、諦観《ていかん》した人が浮かべるべきな、それ。

これがヒナの素顔なのかもと、そう思った。零《こぼ》れ落ちることなく、気丈に押し隠してきた素の感情。たった一言の『寂しい』が彼の過去記録の芯の部分なのかも。

達樹の息がぐっと詰まった。心臓がせり上がってくるような、痛みがあった。

――諦めたみたいに弱く笑うってなんだよ！　ヒナの癖に！

咄嗟《とっさ》に、達樹は手をのばした。ヒナの制服のブレザーを摑《つか》んだ。振り返ったヒナの顔を座ったまま下から覗《のぞ》き込む。

いつもアメが達樹にするみたいに。

あるいはヒナが突然達樹にするみたいに。

刹那。

カチリと、達樹とヒナの気持ちが響きあった――気がした。

『寂しい。寂しい寂しい寂しい。痛い。怖い。寂しい空《むな》しい寂しい空しい。怖い。ひとりが怖い。でも他人も怖い。嫌われたくなくて空回ってる。ときどき疲れる。帰りたくない。でも』

ざらざらと嵐みたいにヒナの履歴と思いがフキダシのなかで吹き荒れた。

電波の悪い場所のテレビみたいに乱れて――消える。

ヒナが達樹の手を振り払おうとした。

「……っ」

触れあった箇所にピリッと静電気が走る。

「――痛っ」

顔を見合わせる。小さな雷みたいなものが互いの肌の上を駆けていった。


自分たちは、同じだと思った。

不器用で、だめで、反省ばかりしている達樹と、ヒナはいまの一瞬まったく同じ悩みと孤独を抱えている。

ヒナは明るくて人当たりがよくて誰にでも好かれて達樹とは真逆なんだと思い込んできた。

実際、達樹の目の前でくり広げられる光景はその通りで。

でも。

寂しいのも他人にどう思われるのかを気にかけて内心でびくついているのもどちらもずっと同じだったのだ。

もしかしたら達樹とヒナだけではなく、他の人たちもみんな同じなのかもしれない。自分だけが特別孤独で、変な個性を持っているような気がして世界に薄氷の距離を取って警戒してぐるぐる回って。

ときどき慌《あわ》てふためいて恥ずかしい態度を取って夜になったら自室で反省会をして。そんなことを達樹だけではなくヒナもしていて——あるいは他の誰かもしているのかも。そう思いついたら、頭でっかちになって考え込んでいたいろいろなものがするするとスムーズに動いた。紗《しゃ》がかかったようになっていた達樹の思考がクリアになっていく。キーワードは実はたくさんもらっていたではないか。

——ツクモガミが最初に願ったのは？

——ヒナも一度、俺に言ってきたことがある願いは？

もしかして……と半信半疑で達樹は言葉をつむぐ。

「ヒナ……俺と友だちになりたいの？」

「はあ？　このタイミングで上から目線で『なりたいっていうならなってやってもかまわない』みたいな流れに持っていく作戦かこの高慢高飛車メガネめ！　ガチで空気

読まないな、おまえはっ」

ヒナが目をかすかに細めた。睨《にら》むみたいに凶悪な顔になった。

――俺が『まちびこ』で最初に足してもらったのは〝刺激〟と〝勇気〟。ヒナが足されてたのは〝安心とあと少しだけの沈黙〟だった。

なんでそれを思いだそうとしなかったのか。

なにより言葉に出してちゃんと確認しなかったのか。

みんなの履歴のフキダシが見えるからと、他人の気持ちや話を聞こうとしないから――会話をしようとしなかったから、それで達樹はみんなにとって高慢メガネになってしまったのだ。そんなの言われても仕方ない。

「……ヒナ、今日の帰り、うちに、来る？」

「は？」

「あと、突き落とし犯のhina-PIYOPIYOも呼ぶ。呼べる気がする。それで決着つけられると思う。迷惑だったら来なくてもいいけど、でも……」

「まあ、時節柄、迷惑っつーか、オレと仲がいい感じ醸《かも》しだしていいのかなーってメガネについて思ってるのが本音……。でも別にメガネのたっての願いなら行ってもかまわないけど？　名探偵メガネが人を集めて名推理してくれるならなによりだし？　なんか旨《うま》いもの作ってくれよな」

ヒナがキラキラした顔になってそう言った。

——ツンデレっていうのかな。ヒナ、可愛《かわい》いなあ、こういうところ。

達樹は口に出さず、心のなかでそう思った。

ヒナに必要で、足りないもの。とても欲しがっているもの。

——ツクモガミが俺に最初にくれたメッセージは、俺の家に呼んでくれという願いだった。

そして——アルバイトに行く前に達樹は、ヒナとヒナのツクモガミを自分の家に招待したのだった。

LINEで呼び出した『今日、学校帰りにうちに来て』のメッセージにhina-PIYOPIYOから『わかった』という返事が届いたのには、達樹のメガネもずり落ちたわけだが——。

というわけで。

学校から帰ってきた達樹は、家の台所で涙目になって玉ねぎのみじん切りをしている。

根になるお尻の部分を数ミリ残して薄く切れ目を入れる。このコツは町彦に教えてもらった。縦と横に切れ目を入れ、それからタタンタタンと、わりとリズミカルに切っていく。

最近ずっと包丁の練習をしているから、ちょっとはみじん切りもさまになってきていた。

両親はまだ会社。姉は大学。家族のいない居間で、テレビでも見ていてくれと言ったのにヒナは達樹にくっついて台所にいる。

「俺がいまそれなりに自信を持って作れるのは野菜多めで甘めのトマトピューレ味の簡単キーマカレーだけ……なんだ。いい……かな?」

子ども食堂のためにこのあいだ試作して、町彦からレシピを教わったばかりな一品である。

「いいよー」

「突然だけどヒナって妖怪とか神様を信じてる？」

「はあああ？　なにそれ。誘ってくれたと見せかけて宗教の勧誘!?」

「違う……」

「よかった。いまヒヤッとしてモヤッとした」

となると――ヒナに詳細を伝えても理解されるのは難しいかもしれない。でも実際にここにツクモガミが来たら、ヒナは納得するのだろうか。悩みながらも達樹は玉ねぎを刻み終えた。

――そもそも幽霊アカウントのツクモガミってどうやって来るんだ？

「ヒナ、キーマカレーできるまで向こうで待っててくれていいよ」

「あー、おかまいなく。オレ、人んちの台所好きなんだ」

ヒナはダイニングテーブルに座るでもなく、ぺたっと台所の床に座り込んでいる。猫とか犬みたいだなと思う。

「……家って感じするだろ？　人んちの台所で、誰かがものを作ってる側で、こうやって床に座って過ごすの気持ちいいよなあ。子どもんときに憧れてた。特等席」

「あ……うん。そうなんだ」

相変わらず重たいことをさらっと言う……。

しかし高身長のヒナが床でくつろいでいるとけっこう邪魔なのだった。

でもヒナの割には——静かだ。

いつもより言葉が少なく、背中を冷蔵庫に預け、どことなくぼーっとしている。

「メガネ、玉ねぎすいぶん刻むんだな」

「玉ねぎにはケルセチンとグルタチオンに硫化アリルが含まれていて、老化防止になるし、アンチエイジングにもダイエットにもいいんだ。カレーに使うだけじゃなく、他にもいろいろと使い道があるいい食材だよ。まとめて飴色《あめいろ》になるまでじっくり炒めたものを冷凍しておいてもいいし……」

全部、町彦の受け売りである。スラスラとこういう口上が出てくるあたり、達樹はすっかり町彦の「弟子」である。

すると、ヒナがくすっと笑った。

「ふーん。すげー。いつのまにかメガネはカレー屋さんっぽくなってるなあ。メガネはおもしろいなあ」

「あ……えと」

「誉《ほ》めてんだ。おまえものすごいわかりやすい」

「え？」

「言葉数少ないときと多いときとか、動きとか、いまなに考えてるのかなーってのすごいわかりやすい。いい奴だし、おもしろいなって最初から思ってた」

「そ……そうなんだ……ありがとう。俺もヒナのこと、いい奴だなって最初に思った……よ」

ヒナがニッと笑う。

「まあ、オレって憎めない奴だよね」

「自分で言うんだよね、そういうこと」

「人が言ってくんないから自分で言うんだってばー」

玉ねぎを切り終えて、次は人参だ。みじん切り。

「……でもオレがみんなに嫌われたらさー、メガネはオレのこと切って捨てていいからな。オレ、ひとりでいるのもそんなに嫌いじゃないんだ。こう見えてオレは昔から実はひとりには慣れてて……」

「捨てない」

話の途中で遮《さえぎ》って大声で言った。ヒナがきょとんとした。

「……あ、うん。そっか。ありがと」

スイッチをオフにしたみたいにヒナが口を閉じ、うつむいた。

達樹はというと、ぶわーっと血が頭まで上ってくるのがわかってしまった。絶対に目のあたりが赤くなっている。恥ずかしい。けどここで言い切らないと。

メガネの位置をくいっと直し、エプロンで手を拭いて調理を続ける。

人参の次は生姜《しょうが》、それからピーマン。子どもたちが苦手とされる野菜を徹底的に細かく切っている。あとはサイコロ状に切ったじゃが芋。

もしかして、達樹の手料理で達樹の心が伝わったらいいな、なんて。

思いながら、玉ねぎと生姜を炒めはじめる。

「これ、手抜きキーマだからフライパンで作るんだ。あんまりスパイス利かせてないし『まちびこ』の味にはならないけど」

「そこまで期待してない」

「そっか」

残りの野菜もフライパンに投入してさっと炒めて——次はひき肉を入れるのだ。

「あ、ひき肉。冷蔵庫から出さなきゃ」

手順がぐだぐだだ。家族以外の人に食べさせるの緊張する。

――でもカレー食べさせるのが目的じゃなくて幽霊アカウントのツクモガミをつかまえるために招待したんだけど……このままツクモガミは来ないのか？

どうしようかと思って手を止めると、ヒナが「冷蔵庫？　うん。オレが出してやる。ここ開けていい？」と立ち上がった。

「えー、冷蔵庫か。綺麗にしてるし整理はされてるから……ヒナに見せても母さんは怒らないかな……うん。ひき肉はすぐにわかるところにあるから」

ヒナが「へーい」とふ抜けた声で、冷蔵庫を開けて――。

「うわああああああ。なんだおまええええええ」

と絶叫した。

ヒナの声に驚いて達樹も冷蔵庫を見る。

冷蔵庫の扉が開いて、そのなかから、ヒナに似た――そのままヒナの写《うつ》し身《み》でしかない少年が――ぬっと身体《からだ》を現した。

くりっとした鳶色《とびいろ》の綺麗な目がカチッと達樹を見据え、にこりと細められた。

彼の背後に履歴は見えない。

人じゃない。

茶色っぽい柔らかい髪は跳ねていて、うつむくと、つむじがちゃんと二つある。

「お邪魔します。呼ばれたから、遊びに来たぞ。オレが hina-PIYOPIYO だ」

横柄な口調もヒナと同じだ。薄い手の甲と長い指が冷蔵庫の扉のはしをつかみ、ぐっと身を乗りだす。冷気が白く立ちのぼる。

「……そこから……来るんだ!?」

達樹は木べらを手にしたまま口をポカンと開けていた。

どうしてだろう。現代妖怪といえど人の形をしているのだから、玄関からドアチャイムを鳴らして入ってくるのだとばかり思っていた。

いくらなんでもこの登場は——。

「電気の通じてるところで出入り口あるところのほうがラクなんだ。スマホ見てくれたらそこから出てきたけど、なかなか見てくんないから冷蔵庫にした」

hina-PIYOPIYO は片手でひき肉のパックを大切そうに懐《ふところ》に抱えている。

長い足をひょいっとまたいで冷蔵庫から全身を引き抜き、台所の床に尻餅《しりもち》をついて目を見開くヒナ本体をしげしげと見下ろした。

ヒナは最初こそ仰天していたがすぐに我にかえったようだ。

「おまえがオレか。すげー似てる。気持ち悪い。アカウントの乗っ取りした奴がとうとう冷蔵庫まで乗っ取り？　なんで冷蔵庫。待て……メガネ、もしかしてオレのことを心配して……真犯人 hina-PIYOPIYO を捕まえて、慌てて手が滑って無体なことをして、冷蔵庫に閉じ込めた？　冷蔵庫に入れたら……死ぬじゃん。大丈夫か」

いや、我にはかえっていなかったようだ。ヒナはパニックを起こしている。

hina-PIYOPIYO は達樹に近づいてきて、ひき肉を「はい」と渡してくれた。

「ありがとう」

答え、達樹はひき肉のパックを受け取り、代わりに町彦にもらったお札《ふだ》をエプロンのポケットから取りだす。

達筆なのか乱筆なのか不明な筆致で呪文のようなものを書いた札は、町彦の天狗の神通力で作られたものなのだそうだ。暴走したツクモガミがこれに封印できるから持っていけと、渡された。

お札と達樹を見比べる hina-PIYOPIYO の手の甲に、ぺたりとお札が押しつけられた。

「……あ、そっか。オレって封印されるために呼ばれたの？」

「ううん。違う」

「嘘だーっ。だって、これ」

拗ねた口ぶりもヒナの、それ。

でも、少しだけ幼く見える。咎《とが》めるような目つきと、尖《とが》らせた唇。繊細さが表情に出ている。ヒナが普段は見せないようにして隠している中身は、もしかしたらこんなふうに無防備で、あどけないのかもしれない。

そうして――。

貼られたお札から白い煙がすーっと立ちのぼり――hina-PIYOPIYOの姿は輪郭をざっと大きく揺らめかせてから、お札のなかに吸い込まれるみたいに立ち消えたのだった。

「な……なんだこりゃああああああ」

ヒナが再び大声を出す。

「ヒナがあちこちのSNSで作ったまま放置したアカウントに人格が宿って形を持っ

た現代妖怪のツクモガミだよ」

どこまで信じてくれるのだろうといぶかしみながら、達樹はメガネを押し上げ、そう言った。

エピローグ

客たちが帰った『まちびこ』の厨房である。

町彦《まちひこ》が達樹《たつき》におもむろに告げる。

「では弟子の検定試験を行います」

マチビコたちから「弟子ー」「弟子の検定」「弟子巻きたまごー?」「弟子がんばれー」と、やんややんやの大喝采が巻き起こる。

店にいるのは町彦とアメと達樹と——マチビコに——さらにいまやツクモガミのhina-PIYOPIYOの姿もあった。

一応、達樹はツクモガミを封印したままお札《ふだ》を持ってきたのだ。

が、町彦は「お札のなかはひとりぼっちだから寂しがり屋のツクモガミにはつらいだろう」と、封印を解きツクモガミも同居人として家に招き入れてしまった。

ヒナの孤独を知り、ヒナを守ろうとして、いろんな人にネットを通じて語りかけ、実体化してからもひたすらヒナの友人作りに尽力しようとしたツクモガミである。悪いことをしないように教えて、ここで暮らせるならなによりではと達樹も思っている。

ちなみに町彦の指導のもと、hina-PIYOPIYOはネットに流れたヒナの悪い噂を一掃した。おかげでヒナはまたみんなに受け入れられてにこにこと元気で過ごしている。

「……町彦さん弟子の検定ってなにするんですか」

心臓がばくばくいっている。

「試しに、長ねぎときのこで、アメでもごくごく飲めるような豆乳仕立ての優しいカレースープを作ってみて。『子ども食堂』のメニューにしたいんだよね。スープカレーじゃなくて、カレーのスープね。和風に寄せて、鰹節と昆布で、長ねぎとちょっぴり生姜《しょうが》も入れて。根菜いろいろの野菜ときのこの旨《うま》みのスープにカレー粉とスパイスを振って、とろみは水溶き片栗粉でゆるめにして……」

なかなか難しい注文だった。

達樹は、床をぽてぽてと回転しているマチビコたちを踏みつけないように移動する。

まずは食材のチェックだ。

「……長ねぎと、きのこ。これは舞茸とエリンギと……あと」

戸惑っていたら町彦が教えてくれた。

「ヒラタケ」

アメが「ヒラタケか、言うほどヒラタクないな。口ほどにもない」と重々しく言ってから、自分の手元に視線を移しお絵描きをはじめた。

アメはさまざまな妖怪の絵を描いて店内のあちこちに展示している。みんなが妖怪を忘れないように——思いだしてくれるようにと丁寧に描き、披露《ひろう》しているのだとか。

実は、メニュー表の余白にも、アメ画伯による「よくわかんないけど熱意が迸《ほとばし》る」絵が押し込められている。アメの絵は妙な味わいがあり、目に焼き付くので、客たちはたまに「これ、なあに」と聞いてくる。アメに教わった通りに「ヤマビコです」「ヤトノカミです」と答えているうちに、達樹も妖怪に少しだけ詳しくなってきていた。

——アメちゃんの努力、かなり実を結んでるよなあ。お客さんたち、妖怪のこと忘れないと思う。

アメ画伯の絵とメニュー。『まちびこ』の店の雰囲気とあったかな空気と湯気とスパイスの香り。子どもたちがたくさんいるにぎやかな店内に、ときおり訪れる豊かな静寂。スープカレーのなかにスプーンを入れて最初の一口を味わった瞬間、みんなが見せる「これすごく美味《おい》しい」という表情。

――きっとみんな、後になってからスープカレーの味込みで全部を懐かしく思いだす。

そういう力が、料理にはあるのだと達樹は『まちびこ』で知った。

――いままで将来の夢ってなかったけど、スープカレー屋さんになりたいな。

いまや達樹は、そう思いはじめている。

口下手な、人との対話が不得手な自分でも、食を通じてだったらうまくやり取りできるかもしれない。

「きのこは……洗ったらいけないって本にありました。汚れは丁寧にキッチンペーパーで拭いて取る」

水で洗うと旨み成分が抜けてしまうらしい。

「予習してきたのか。達樹くんは勉強熱心だね」

町彦が笑顔で言う。まっすぐに誉《ほ》められるのは心地いい。メガネのブリッジを押し上げて、照れ隠し。

「じゃあ材料を切ってくれる？」

「はい」

長ねぎをざっと洗ってまな板に載せる。包丁を構えてゆっくりと切っていく。なかからにゅるっと白い粘液みたいなものが出てきた。

「わっ」

みじん切りとか千切りとかはまだまだ苦手で、包丁の扱いは下手だ。研《と》いである切れ味のよい包丁だからこそ、腕前のだめさが明確になる。

「あ、長ねぎのみじん切りは斜めに包丁入れるといいんだ」

「え？」

「貸して」

達樹は町彦に場所を譲った。町彦が慣れた手つきでさっさっと長ねぎに斜めの切れ目を入れていく。

「玉ねぎのみじん切りと同じだね。最後まで切っちゃわないで、切れ目だけを縦横に入れていって、後ろ数ミリ残しておく。その後でスライスしていくとみじん切りが早いよって」

切断してしまうとバラバラになるので、お尻のあたり数ミリを残して切れ目を入れる。そうするとバラつかないので固定しやすく、まとめて切っていける。

ほんの少しの支えがあれば――他を切断されてもつながっていくこともあるのだ。

――馬鹿にならないいんだよあ。この〝ほんの少し〟の加減って。

説明しながら、町彦はまな板の上に長ねぎをのせ、完全に切断せずに「切れ目」を入れる要領で斜めにさっさっと包丁を入れていく。切り終えると、今度はくるっと裏返す。

「ひっくり返して、さっきと同じように斜めに切れ目を入れていくと――最後にはこういう感じに蛇腹《じゃばら》になります」

切った長ねぎをすーっと持ち上げる。前と後ろに互い違いに切れ目を入れられた長ねぎが、びろーんと綺麗に蛇腹になってのびた。

「おおー」

思わず声を上げる。アメとhina-PIYOPIYOが拍手をしている。「おおー」「おー」とまねっこ羊羹《ようかん》マチビコたちがぷるぷるしている。

「で、これを普通に切っていくと――自然とみじん切りになるわけ。早くできるよ」

蛇腹スタイルの長ねぎをタンタンタンとリズミカルに小口切りで、切っていく。あっというまに長ねぎのみじん切りが完成する。

「長ねぎ切れないなら検定は失格かなあ。でもだんだん手つきがしっかりしてきたね。もしかしておうちでも包丁持つようになったかな。練習している気がするな」

「あ……はあ……ま、まぁ」

メガネをきゅきゅっと触って咳払いをする。

「努力することは別に恥ずかしいことじゃない。胸張って言っていいのに。僕は嬉しいよ。弟子が前向きで」

「……はい」

失格したけど、誉められているから、今日は良し。

最近、達樹は前向きに物事を受け止められるメガネになった。

「アメを見てよ。地道な努力で毎日妖怪の布教に余念がない。僕も毎日地道に美味しいものを作って人間たちに親切にする。きみみたいに、僕たちのことを受け入れて、信じてくれる人をじりじりと味方につけて、少しずつ、妖怪の輪を広げていく。派手なところは一切ないけど、こういうのが最後に成果を出すんだと僕らは信じている」

「……地味……じゃないですよ」

　思わずそう返してしまった。

「え？」

「天狗の作るスープカレー屋に小さな神様と妖怪たちが具材持ち寄ってて、ボランティアで子ども食堂で、現代妖怪の世話をしてるのって地味じゃないです。たぶん」

　てんこ盛りすぎる。

　しかも店主はイケメンだし、ケモミミ美形幼女がいて、よくわかんないけど可愛いキモキャラと、アイドル系高校生の生き写しみたいな電脳が得意なツクモガミまでいるというのに。

「そうかな。でもハリウッドで映画化されなさそうだから地味だよ」

　どういう理屈なのか。

「町彦さんの地味の概念おかしいですよ。スープカレーで足りないものを足してくれたり……すごいことしてるのに地味って」

　町彦は「そうかな」と笑いながら手際良く他の食材も切りはじめた。長ねぎと生姜のみじん切りをさっと炒めて根菜を入れてきのこを手で割《さ》いて鍋に投入。出汁《だし》を取ったスープを入れ、ぐつぐつと煮込んでいく。いい匂いがする。

しかも手さばきひとつひとつが華やかで、絵になっている。

「おかげで俺は……いろいろと、その……勇気が出たりやる気が出たり、人と話しやすくなったりで、感謝してます。スペシャルなカレーにスペシャルなまかないのチャーハンにハーブティー」

もらったものはたくさんで……。

「うーん……達樹くん、もしかしたら誤解してるかも。最初のカレーはスペシャルだけど、後のは普通のスパイスだけだよ？　チャーハンも普通のカレーチャーハンだよ？」

「え？　でもまかないスペシャルって言ってましたよね？」

「まかないのスペシャルってだけで、スペシャルなスパイスは『足して』ない。美味しくなるように調理はしてる。それは当然。ただ、もしあれでやる気が出たなら、それは達樹くん自身がもともと持っていたものを、自分で引きだしただけ」

「そうなんですか？」

「そうそう。スパイスやハーブはすごい。でもスパイスで引きだされるきみの心や努力のほうがもっとすごい。自信持って」

言いながら町彦は、独自にブレンドして小瓶につめたスパイスを根菜ときのこの和風スープに振りかける。たちまち漂《ただよ》うカレーの匂い。空気の味までピリッと変化していくようで、引き締まる。

わきゃわきゃと「自信持って」「持って」「モテない」「モテル」と床で騒ぎだすマチビコたちに視線を落とす。

「自信……」

持てるかな。

持ってもいいのかな。

マチビコたちの声にあわせて、達樹の心もぶんぶん震えだすような気がしてきた。

そして。

夜が更けていくにつれてカレーのいい匂いがあたりを包み――人間も、妖怪も、神様もみんな一緒になって「ぐぅ」とお腹を鳴らして顔を見合わせて笑った。

あとがき

こんにちは。佐々木禎子です。

ピュアフルさんでは「ばんぱいやのパフェ屋さん」という、札幌住まいの牧歌的な吸血鬼たちがすごく美味《おい》しいパフェ屋さんを営むというヘンテコとほっこりが混じりあったおかしなシリーズを書いておりまして——そのシリーズを経て、またもや私は札幌に妙な店主がいる食べ物屋さんを作ってしまいました……。

今度はスープカレー屋さんです。

スープカレー、食べたことありますか？

スーカって（という略し方をします）、北海道以外の皆さんにとっては馴染《なじ》みのない食べ物らしく「スープカレーって、なに？」「普通のカレーとどう違うのかな」「カレースープとはまた違うの？」などとたまに友人たちに聞かれます。

そのたびに「カレースープとは違うし、カレーでもない」「スープカレーは、スープなカレーとか言いようがない」という返答をし、たまには自分でスーカを作って友人たちに食べてもらったりしています。私の腕では限界があり、たいしたスーカは作れないけど、それでも「百聞は一食にしかず」なのです。いまのところふるまったみんなには「美味しい」と言ってもらっています。美味しいんだよ!!

スパイスたっぷりで疲れている身体《からだ》に沁みるスープ。具だくさんで野菜や肉がもり栄養満点。見た目もなんだか景気がいい感じがするし、お腹も心も満ちていく。私の場合、二日酔いのときや風邪のひきはじめのときなどは、とある店のスーカを食べるとさーっと体調がよくなったりして「あ、なんか効いてるな。美味しいな」って思うんです。

そのへんはもう「百聞は一食にしかず」。

スーカ未経験な皆さんは、ぜひとも北海道観光にいらして、スープカレー屋さんを巡《めぐ》り、好みのスーカに舌鼓《したつづみ》を打っていただきたいところです。


しかしそんなスーカ、そもそもいつのまに流行《はや》りだしたのか、道民の私にとってもけっこう謎な食べ物なんです。私の子ども時代にはなかった。でも気づいたら店があって、あっというまに道内にスープカレー屋さんが増えていき、いろんな流派に枝分かれして、いまだに進化し続けています。

そんなわけで突然ブームがやって来て、どうしてか北海道にだけしっかり根付いたスープカレーという食べ物なので——このお話のような謎な出自の店主が営んでいることもあり得ないわけじゃないのでは、と。

あってもいい気がするんですよね、うん。

こういう店があったら、よくないですか？


今回は、くじょう先生にとても素晴らしい表紙絵を描いていただきました。アメちゃんとマチビコの可愛《かわい》らしさに胸きゅんしました。優しい色合いの、料理の湯気が立ち上ってくるようなイラストをありがとうございます。

担当編集者さまにはものすごくご迷惑をおかけしました。根気強く私の原稿を待ち、力添えくださって本当にありがとうございます。担当さんがいなかったらこの話はできあがらなかった……。

そしてこの本を手に取ってくださった皆様にありがとう。

少しでも楽しんでいただけたら嬉しいです。メガネやヒナが皆さんの心の片隅に住まわせていただけますように――。

佐々木禎子

本書は、書き下ろしです。

札幌《さつぽろ》あやかしスープカレー

佐《さ》々《さ》木《き》禎《てい》子《こ》

2018年7月5日初版発行

発行者……長谷川 均
発行所……株式会社ポプラ社
〒160-8565 東京都新宿区大京町22-1
電話……03-3357-2212（営業）
03-3357-2305（編集）

フォーマットデザイン 荻窪裕司（bee's knees）
組版・校閲 株式会社鷗来堂
印刷・製本 凸版印刷株式会社

ポプラ文庫ピュアフル

ホームページ www.poplar.co.jp

N.D.C.913/252p/15cm
ISBN978-4-591-15935-4

虚弱体質少年と、新型吸血鬼たちの
ユニーク・ハートフルストーリー！

佐々木禎子
『ばんぱいやのパフェ屋さん
「マジックアワー」へようこそ』

装画：栄太

四月はまだ寒い北の都札幌。中学生になった高萩音斗は、小学校時代から「ドミノ」と呼ばれてからかわれるほどすぐ倒れてしまう貧血・虚弱体質に悩んでいた。そんな彼を助けるために両親が連絡をとった遠縁の親戚たちは、ものすごく変わった人たちだった！　商店街にパフェバーをオープンした彼らのもとで、音斗は次第に強さと自分の居場所を見つけていく。

ユニークな世界に笑い、音斗くんの頑張りや恋心にほろりとするハートフルストーリー！

イケメン毒舌陰陽師とキツネ耳中学生の
へっぽこほのぼのミステリ!!

天野頌子
『よろず占い処　陰陽屋へようこそ』

装画：toi8

母親にひっぱられて、中学生の沢崎瞬太が訪れたのは、王子稲荷ふもとの商店街に開店したあやしい占いの店「陰陽屋」。店主はホストあがりのイケメンにせ陰陽師。アルバイトでやとわれた瞬太は、実はキツネの耳と尻尾を持つ拾われ妖狐。妙なとりあわせのへっぽこコンビがお客さまのお悩み解決に東奔西走。店をとりまく人情に癒される、ほのぼのミステリ。単行本未収録の番外編「大きな桜の木の下で」を収録。

〈解説・大矢博子〉